Annabelle Schickentanz

# Jenseits der Wand

Annabelle Schickentanz

# Jenseits der Wand

Roman

Bibliografische Information der Deutschen Nationalbibliothek: Die Deutsche Nationalbibliothek verzeichnet diese Publikation in der Deutschen Nationalbibliografie; detaillierte bibliografische Daten sind im Internet über http://dnb.dnb.de abrufbar.

Die automatisierte Analyse des Werkes, um daraus Informationen insbesondere über Muster, Trends und Korrelationen gemäß §44b UrhG („Text und Data Mining") zu gewinnen, ist untersagt.

© 2025 Annabelle Schickentanz

Verlag: BoD · Books on Demand GmbH, In de Tarpen 42, 22848 Norderstedt, bod@bod.de

Druck: Libri Plureos GmbH, Friedensallee 273, 22763 Hamburg

ISBN: 978-3-7693-1719-0

atmen
das Schweigen

zerborstenes Herz

bunte Farben
tanzen
mit dem Zweifel

geborgen
in den Armen
der Zerbrechlichkeit

spüren
die lärmende Stille

sein dürfen
wer man ist.

Mein großer Dank
von ganzem Herzen
an Jens Flassbeck

## ZITTERNDE STILLE

Ich sitze auf der Bettkante und halte ihre Hände. Sie sind heiß, aber trocken. Mir fallen Familienfeiern ein, bei denen ich neben meiner Mutter am Tisch saß. An den Innenflächen ihrer Hände befanden sich kleine Schweißperlen. Die Serviette, die sie festhielt, wurde langsam feucht. Nachdem sie ihre Hände auf den Tisch gelegt hatte, entdeckte ich eine kleine Pfütze.

Ihr Atem geht schwer und schnell. Wir sehen uns an. In ihrem Blick liegt etwas Ernstes, Bedeutsames. Ich warte auf Worte der Reue, der Entschuldigung, des Friedens. Auf eine letzte Bekundung ihrer Liebe. Sie schweigt.

Sieben Stunden später ist sie tot.

Der behandelnde Arzt wird mittags sagen:
»Bei erhöhten Morphium-Gaben nimmt man den früheren Eintritt des Todes in Kauf.«

Ich betrete das Haus meiner Eltern, mein Vater öffnet mir die Tür. Ich sehe, dass er geweint hat.
»Schau sie dir noch mal an, deine Mutter«, sagt er. Seine Stimme klingt gebrochen.

Das Pflegebett steht im Wohnzimmer. Es ist ausgerichtet zur Fensterfront, sodass sie in den vergangenen Wochen in den Garten schauen konnte.

»Bald kommen die ersten Frühlingsblumen«, sagte meine Tante zu ihr.

»Die werde ich nicht mehr zu Gesicht bekommen«, entgegnete meine Mutter nüchtern. Sie sollte recht behalten.

Sie liegt auf dem Rücken, zugedeckt bis zur Brust, die Arme rechts und links neben dem Körper. Meine Mutter ist der erste tote Mensch, den ich zu Gesicht bekomme. Ich beuge mich über sie und warte auf das Geräusch einer Atmung. Es bleibt still. Ihre Augen sind geschlossen, an ihrem linken Mundwinkel hängt etwas Speichel. Ich nehme ihren rechten Arm in meine Hände und hebe ihn hoch. Er ist weich und beweglich. Ich bemerke an mir selbst eine gewisse Neugier, sie ganz in Ruhe betrachten zu können. Als könnte ihr toter Körper mir Hinweise geben. Die Hoffnung auf eine späte Antwort. Ich betrachte ihre Hände, die jetzt nichts mehr tun können. Ich denke daran, wie sie mich geohrfeigt hat, nachdem ich sie auf ihre Versäumnisse hingewiesen hatte. Meine Erinnerung sucht nach einem sanften Streicheln meiner Haut. Es stellen sich keine Bilder ein. Stattdessen die Gewissheit ihres Versagens. Eine Gewissheit, dass

Vieles in meinem Leben nur aus der Negation heraus einen Sinn ergibt.

Warum spürte ich meine eigene Bedürftigkeit nicht? Wie haben es die vielen Gewissheiten geschafft, sich vor meine Bedürfnisse zu schieben? Warum war mein Mitgefühl stets bei ihr? Warum habe ich ihr vermeintliche Gründe zugestanden, mich nicht lieben zu können?

Wie sie so daliegt, tot, mit kaltem Körper, tut sie mir leid. Ich hatte es ihr in all den Jahren mehrfach gesagt: »Du musst aufhören. Sonst wirst du daran sterben!«

»Das wollen wir mal nicht hoffen«, war ihre drakonische Entgegnung.

Um weiterhin trinken zu können, war ihr jedes Mittel recht. Während sie hoffte, dass ihr Tun ungesühnt bleibt, gingen die Jahre ins Land. Meine eigene Hoffnung, meine Unterstützung für sie, mein Warten auf ihre Liebe wurden zunehmend blasser. Man kann weiterhin existieren, solange die physischen Funktionen aufrechterhalten werden.

Liegend auf ihrem Totenbett kommt sie mir eigentümlich vertraut vor, ich fühle mich ihr sehr nah. Ich genieße, dass sie meinem Blick nicht mehr ausweichen kann. Für einen kurzen Moment habe ich das Gefühl, als sei sie diesen Tod schon einmal gestorben.

Mein älterer Bruder betritt das Zimmer. Er schaut sie aus der Ferne an und geht schluchzend in den Garten. Mein Vater folgt ihm und ich höre, wie er sagt:

»Es ist besser so.«

Ich denke lediglich: »Nun ist es endlich vorbei.«

Es war nur das geschehen, was ich all die Jahre vorhergesagt hatte. Mein jüngerer Bruder steht vor der großen Fensterfront und schaut schweigend nach draußen. Seine traurigen Augen ruhen auf seinem Gesicht. Ich denke an die Augen meiner sterbenden Mutter.

Ich zittere. Mein Körper bebt. In mir spüre ich den Impuls zu schreien, anzuschreien gegen die Macht des Schweigens, gegen die erdrückende Stille, aber es kommt mir unpassend vor.

Mein älterer Bruder muss fort, bevor die Bestatter kommen. Er tritt an ihr Bett und nimmt ihre Hand. Ich höre, wie er flüstert: »Mama …« Er beugt sich über sie und küsst sie auf die Stirn. Dann dreht er sich wortlos um und geht durch die Tür.

Seitdem, immer mal wieder, dieses Bild: Mein älterer Bruder, der seine tote Mutter auf die Stirn küsst. Seine Mutter, die ihm so viel versagt hat.

Wo sind meine Schwestern an diesem Tag? Warum erinnere ich mich nicht an sie? In meinem Kopf ist eine Leerstelle.

Gegen 17 Uhr kommen die Bestatter. Sie stellen einen Plastiksarg, der mit einer schwarzen Folie ausgekleidet ist, neben das Pflegebett.
»Ich kann das nicht sehen«, sagt mein Vater und verschwindet in der Küche. Ich höre, wie er sich einen Kaffee aufbrüht.
Sie fassen den toten Körper meiner Mutter am Kopf und an den Füßen, um ihn vom Bett in den Sarg zu legen. Er ist steif, als habe er für lange Zeit in gefrorener Erde gelegen. Auch dieses Bild, immer mal wieder: Meine Mutter, als schwebe sie in der Luft. Der letzte Anblick: Meine Mutter, bekleidet mit einem roten, kurzärmeligen Nachthemd und dicken Wollsocken, ein endgültiges Schauen auf ihr erstarrtes Gesicht, auf ihre eingesunkenen Augen, bevor sich die schwarze Folie über ihren Kopf legt.

Seitdem, von Zeit zu Zeit, der Gedanke an eine Letztmaligkeit.

Als die Bestatter im Eingangsbereich des Hauses stehen, um den Sarg nach draußen zu bringen, öffnet sich die Küchentür. Mein Vater tritt in den Flur und bleibt mit gesenktem Kopf neben dem

Sarg stehen. Er möchte etwas sagen, doch seine Stimme erstickt.

Nun, während des Schreibens, meine Tränen. Ich spüre meine Verlassenheit. Erstmals das Gefühl, dass mir niemand beigestanden hat. Mein stilles Aushalten, meine unermessliche Ohnmacht. Mein Unglaube, dass all dies wirklich so gewesen ist.

Die Bestatter schließen die Tür des Leichenwagens und bleiben eine Weile mit gesenkten Köpfen stehen, die Hände vor dem Körper leicht ineinander gelegt. Es ist eine Geste des letzten Respekts, der Demut, da sie tot im Dunklen liegt, da sie nichts mehr sieht und spürt.

Einige Wochen nach ihrem Tod erzählt mir meine Schwester, was meine Mutter ihr in einem letzten Gespräch mit auf den Weg gegeben hat.

»Sollte ich jemandem Unrecht getan haben, so tut es mir leid. Die letzten beiden Kinder hätte ich nicht bekommen sollen.«

Es ist erneut ein Moment, in dem das Denken mühsam versucht, sich vor die Empfindung zu stellen. Die Empfindung wegzudrängen, um das Weiterleben zu sichern.

»Aber«, fügt meine Schwester mit weit aufgerissenen Augen schnell hinzu, »sie hat dich geliebt!«

## Das gelbe Fragment

Es ist Sonntagmittag an einem Sommertag. Ich bin etwa sieben Jahre alt und sitze am Ende des langen Flures unserer Altbauwohnung auf blauen Säcken, die mit Altkleidern gefüllt sind. Es ist noch niemand dazu gekommen, sie abzutransportieren. Unter mir ist es kalt, aber weich. Draußen im Innenhof spielen Kinder. Ihre entfernten Rufe dringen durch die gekippten Fenster unserer Wohnung zu mir hinauf. Es riecht nach Essen. Die Nachbarn bereiten einen Sonntagsbraten zu.

    Das Sonnenlicht scheint durch ein Fenster und trifft auf die gegenüberliegende Wand. Das Muster der Tapete, bestehend aus kleinen Arabesken, wird getaucht in goldenes Licht. Es sind geschwungene Linien, sanft, die weich ineinander übergehen. Mit meinem Zeigefinger fahre ich entlang der Ornamente, langsam, wiederkehrend. Ich fühle die Struktur der Tapete, ich fühle meinen Finger, wie er sanfte Kreise zieht. Kleine Staubkörner wirbeln im Kegel des Lichts hin und her. Sanft puste ich in ihre Richtung und beobachte, wie sie noch mehr durcheinander geraten. Zwischendurch halte ich inne und betrachte das Sonnenlicht. Da ist die Stille, der Raum um mich herum, das Sonnenlicht und da bin ich. Meine Gedanken. Mein Alleine-

Sein. Die äußere und die innere Welt. Mein tiefes Gefühl der Glückseligkeit.

\* \* \*

Mein Vater war mit seiner Firma sehr erfolgreich und verdiente viel Geld, sodass meine Eltern mit meinem jüngeren Bruder und mir in ein großes Haus am Stadtrand umzogen. Meine älteren Geschwister blieben in der Stadt wohnen.

Die Gegend, in der wir wohnten, lag abseits des Ballungszentrums auf einem kleinen Hügel. Ich sah nie Menschen auf den Straßen, weil die Bewohner der Häuser mit ihren Autos in die großen Garagen fuhren, deren Tore sich anschließend automatisch schlossen. Wenn sie ihre Häuser verließen, fuhren sie mit den Autos wieder hinaus. Die Frauen, die in den Autos saßen, hatten meist eine Sonnenbrille auf, auch wenn es bewölkt war. Ich hätte sie nicht erkannt, wenn ich sie doch mal auf der Straße getroffen hätte.

Niemand ging durch eine Haustür, da es fußläufig nichts zu erledigen gab. Es gab keine Einkaufsläden, keine Arztpraxen, keine Post. Man wohnte dort, man wohnte luxuriös, man hatte sein eigenes kleines Reich, geschützt durch dicke Mauern.

Auch unser Haus hatte dicke Mauern. Wir hatten alles, was ein materieller Wohlstand zu bieten hat: teure Autos, einen riesigen Garten, einen Pool, das

Haus war groß und komfortabel. Die Haushaltshilfe, die ihre Dienste schon viele Jahre in unserer Altbauwohnung angeboten hatte, blieb uns treu und fuhr fortan regelmäßig mit dem Bus zu uns.

Genauso, wie das Älterwerden ein Kontinuum ist, ein leiser und zunächst unsichtbarer Prozess, eines Tages als Geschehnis unversehens sichtbar an einer beliebigen Stelle des eigenen Körpers, legte sich der Wohlstand meiner Familie im Laufe der Jahre sanft wie ein süßer Zuckerguss über meine Wahrnehmung. Ich war umgeben von Insignien des Gelingens und der Beruhigung, die mir meine Sinne vernebelten. Ich bekam alles, was man mit Geld kaufen kann. Der Luxus war eine Selbstverständlichkeit für mich. Er war ein Vehikel des Schweigens. Die Sucht meiner Mutter verschwand unter dem Mantel des Wohlstands, sie lag dort still und unauffällig, sorgfältig abgeschirmt von der Außenwelt. Wo das Leben augenscheinlich gelingt, dort vermutet niemand einen Abgrund. Es war die Atmosphäre der vermeintlichen Zugehörigkeit, die eine Brutstätte war für die Lügen, die Abgrenzung, das Kaschieren der Scham. Das, was ich mir so sehr wünschte, was ich herbeisehnte, was ich gebraucht hätte wie die Luft zum Atmen, körperliche Zuwendung, eine Mutter, die mich mittags beim Nachhausekommen in den Arm nimmt, die sich bei mir erkundigt, welche Bücher wir im Deutschunterricht lesen und mit mir über die Inhalte diskutiert, die mir meine Tränen trocknet, der ich von meiner ersten Verliebtheit erzählen kann, die mich morgens mit einem Kuss auf die Stirn weckt und mir dabei sanft zuflüstert, all das hatte ich nicht. Stattdessen herrschte bei uns eine etablierte Gleichgültigkeit.

Wie soll ich beschreiben, was mich umgab? Wie soll ich Worte finden für das, was ich nicht hatte, wenn ich doch gar nicht weiß, wie es sich angefühlt hätte, wenn ich das Gegenteil erlebt hätte? Wie beschreibt man eine Negation?

Es war nicht so, dass wir nicht miteinander sprachen. Mittags beim Essen redeten wir über die aktuelle Politik, mein Vater erzählte von seinen geschäftlichen Dingen oder fragte meinen Bruder und mich, wie es in der Schule war. Einmal erzähle ich, was das Thema der letzten Englisch-Klausur war. Wir sollten eine Analyse des Gedichts *Funeral blues* von Wystan Hugh Auden[1] verfassen.

»Wovon handelt das Gedicht?«, fragt mein Vater.

Er hatte nie eine Fremdsprache gelernt, außerdem interessierte ihn Lyrik nicht sonderlich. Dennoch erkundigte er sich, weil er wissen wollte, womit wir uns in der Schule beschäftigten.

»Es ist ein Gedicht über den Verlust, über die Trauer um einen Menschen«, antworte ich und zitiere die vierte Strophe, zunächst die englische Version, anschließend die deutsche Übersetzung[2].

»The stars are not wanted now: put out every one;
Pack up the moon and dismantle the sun,
Pour away the ocean and sweep up the woods;
For nothing now can ever come to any good.«

»Die Sterne sind jetzt unerwünscht,
löscht jeden aus davon
verhüllt auch den Mond und nieder reißt die Sonn',
fegt die Wälder zusammen
und gießt aus den Ozean,
weil nun nichts mehr je wieder gut werden kann.«

»Du meine Güte, Kind, das klingt düster. Ist es wirklich nötig, dass ihr in der Schule so etwas lest?«, fragt mein Vater, sichtbar irritiert.

Für mich klingen die Worte nicht düster. Sie berühren mich, sie beschreiben den Stillstand, das Ende der Zeiten.

»Mir gefällt das Gedicht, das Traurige, es klingt schön. Es lässt sich auch umfassender interpretieren, nicht nur hinsichtlich eines erlebten Trauerfalls«, entgegne ich.

Mein Vater sieht mich ratlos an. Mit dem Löffel legt er sich noch zwei Kartoffeln auf seinen Teller.

»Ein Mensch kann diese Trauer sein ganzes Leben lang empfinden, dann ist er depressiv. Und dann gibt es noch die Prophezeiung bezüglich unserer Zukunft. Die Sonne, sie wird verglühen, eines Tages«, füge ich hinzu.

Meine Mutter, die wie immer schweigend am Tisch sitzt, steht nun auf.

»Lass das nicht so nah an dich heran, sonst verbitterst du«, höre ich sie sagen, während sie in die Küche geht.

Ich verstehe sie nicht. Was soll ich tun, damit mich die Sprache nicht derart berührt? Und warum würde ich verbittern, wo doch das, was ich empfinde, worüber ich nachdenke, ohnehin da ist, existent, ein Teil von mir? Viel lieber würde ich mit ihr über das, was ich empfinde, sprechen. Doch sie kommt zurück aus der Küche, nimmt die leeren Teller und trägt sie fort.

Das, was ich nicht aussprechen kann, fühlt sich an wie eine Wand, eine gläserne Wand in meinem Inneren. Sie fühlt sich schwer an, sie übt Druck aus, dem ich standhalte. Das Druckgefühl ist immer da. Die Worte, die ich spreche, sie können diese Wand passieren, mühelos. Doch es gibt andere Worte, Gedanken, Bilder, die vor dieser Wand Halt machen. Ich trage sie immer mit mir herum.

Im Roman *Die Wand* von Marlen Haushofer[3] steht die Protagonistin eines Tages vor einer durchsichtigen Wand, die mitten in der Landschaft steht. Hinter der Wand ist alles erstarrt – die Menschen, die Tiere, sie stehen dort, als seien sie eingefroren.

Die Wand in mir ist für mich unsichtbar. Sie ist da, ich spüre sie, aber sie zeigt sich nicht. Die Zeit außerhalb meines Körpers schreitet voran, täglich. In mir, hinter der Wand, ist die Zeit einst zum Stillstand gekommen, ich kann den Augenblick nicht benennen. Eine Totenstarre, mitten im Leben. Für das Momenthafte habe ich kein Gespür, weil die Zeit verdeckt ist, eingenommen von der Angst. So zieht sie an mir vorbei, verschluckt die Erlebnisse, die ich nicht habe, nimmt keine Rücksicht darauf, dass ich in der Zukunft bedauern werde, nicht intensiv gelebt zu haben.

Die Wand, sie verbirgt meine Angst. Die Angst vor den verschwommenen Augen meiner Mutter, wenn ich nach Hause komme. Hinter der Wand sehe ich die Bilder meiner nächtlichen Albträume, brennende Häuser, Menschen, die schreiend in den Flammen stehen. Ich spüre die Scham. Die Scham über meine Mutter, die mich nach Alkohol riechend zum Busbahnhof bringt, an dem meine Freundinnen auf mich warten. Und ich verspüre mein schlechtes Gewissen, dass ich diese Scham empfinde.

Ich frage mich, warum wir ihn leben, diesen Wahnsinn, warum sie trinkt und nicht aufhört, warum wir das aushalten, obwohl es nicht auszuhalten ist, warum mein Vater das alles nicht einfach beendet.

Ich frage mich, warum wir lügen, jeden Tag, warum wir lächeln, obwohl wir innerlich zu zerbrechen drohen.

Ich frage mich, warum wir uns schön anziehen, wenn wir auf eine Familienfeier gehen, obwohl unsere Seelen wie schwarze Fetzen an unseren Körpern hängen.

Ich frage mich, wer ich überhaupt bin, ich, das Kind, das seinen Tanten ein Lächeln ins Gesicht zaubert, als sie sagen: »Das Kind sieht aus wie seine Mutter.«

Ich stelle mir vor, wie der Alkohol sich im Körper meiner Mutter ausbreitet, beginnend in der Körpermitte, wie er zunehmend Raum einnimmt, wie er die restliche Lebensenergie für sich beansprucht, während meine Mutter jedes Interesse am Leben verliert, wie ich ihr gleichgültig werde, jeden Tag ein wenig mehr, wenn ich es nicht ohnehin schon immer bin, wie der Alkohol sie mit sich reißt, ein Strudel, der lange um sich selbst kreist, bis er im Nichts verschwindet.

Die Negation ist eine Normalität. Ich spüre, dass etwas fehlt, aber ich weiß nicht, was das Fehlen für mein Leben bedeutet. Sie hat eine Daseinsberechtigung, die Negation, sie lebt mit uns hinter dicken

Mauern. Auch sie breitet sich aus, fließt zwischen den verschiedenen Zimmern hindurch, mühelos, durch die Wände, durch jede Ritze, sie ist unsichtbar, aber stets da, beständig. Es gibt die Negation, die Umkehr dessen, was das Leben lebenswert macht, es gibt den Ekel, wenn ich riechen kann, dass sie betrunken ist, es gibt die Angst, die ich empfinde, wenn sie nachts durch den Flur torkelt, es gibt das Gefühl der Traurigkeit, das sich im Laufe der Jahre wie ein schwarzes Tuch über meine Schultern legt. Es blieb, das schwarze Tuch, sanft lag es auf meinen Schultern, ich trug es täglich mit mir herum. Ich spürte, dass es meinen Körper bedeckt, leicht wie eine Feder, als gehöre es dahin, als sei es gekommen, um zu bleiben. Im Laufe der Jahre passte es sich meinem Körper an, bis wir unteilbar waren, das schwarze Tuch und ich.

In Gedanken sehe ich meinen Bruder und mich morgens gemeinsam zur Bushaltestelle gehen. Es sind etwa fünfzehn Minuten Fußweg, den Hügel hinab, vorbei an weitläufigen Feldern, unser Blick streift die Wälder, die im Tal liegen, aus der Ferne drängt das monotone Summen der fahrenden Autos zu uns hinüber. Wir gehen nebeneinander, Morgen für Morgen, einige Jahre, schweigend, sitzen im Bus beisammen, als würden wir uns nicht kennen. Das Fremde, das ich für ihn empfinde, das Abgetrennte, es ist ein Spiegel dessen, was in mir ist. Spürt er sie auch, die Wand im Inneren? Empfindet er so wie ich? Ich habe keine Sprache für ihn. In meinen Gedanken sehe ich ihn als kleines Kind, schutzlos, verlassen. Sein Schweigen, es ist auch mein Schweigen, seine traurigen Augen, sie gehören auch zu mir. Wir leben unter einem Dach, hinter dicken Mauern, in unseren Seelen sind gläserne Wände, die das, was uns umgibt, hindurchlassen, aber nichts dringt nach außen. Die Lügen bleiben in uns, das Schweigen wohnt in uns, es breitet sich aus, so wie sich der Alkohol im Körper und in der Seele meiner Mutter ausbreitet.

Wenn ich zurückdenke, dann stellt sich kein Kontinuum ein. Mir fallen Fragmente ein, einzelne Erlebnisse, vereinzelte Sätze, zusammenhanglos. Es sind kleine Scherben, die vor mir liegen, manche scharfkantig, andere mit leicht gerundeten Ecken. Ich nehme sie in meine Hände und halte sie gegen das Licht. Und dann erscheint es vor meinem inneren Auge, das Sonnenlicht, das leuchtende Gelb, die Ahnung einer Verheißung.

## Das imaginierte Sein

Wenn ich an meine Mutter denke, sehe ich sie im Sessel sitzend, in den Händen hält sie ein Buch. Neben ihr auf dem Tisch steht ein Glas, gefüllt mit Wasser. Daneben liegen eine Creme-Dose und ein Päckchen Taschentücher. Es ist immer nur Wasser, das auf dem Tisch steht. Ihren Alkohol hat sie versteckt. Jeder kennt ihre Verstecke, doch niemand gibt preis, dass er sie kennt. Ein doppeltes Versteckspiel.

Es ist ein Nachmittag im Herbst, meine Hausaufgaben habe ich beendet. Eine beklemmende Stille schwebt entlang der Empore des Treppenhauses. Unsichtbar begleitet sie mich, während ich hintergehe, den Blick auf den bordeauxfarbenen Teppich gerichtet, der die ausladenden Stufen bedeckt, fließend, als habe jemand – lustvoll lächelnd – einen großen Eimer Farbe auf der obersten Stufe ausgegossen.

»Ästhetik benötigt Raum, damit sie sich entfalten kann«, sagte meine Tante, als sie im nackten Treppenhaus stand und in ihrem Farbkatalog blätterte. Sie, die kreative Innenarchitektin, die Lebendigkeit und Freiheit in persona, sprudelte vor Ideen für die Gestaltung des Hauses.

»Äußere Reduktion erlaubt inneren Reichtum«, sagte sie zu meinem Vater.

»Mit einer solchen Haltung führst du deine Firma zwangsläufig in den finanziellen Ruin«, entgegnete er.

»Unser Empfinden reagiert auf die Entfaltung der Ästhetik. Das Empfinden an und für sich bedeutet Entfaltung!«, rief sie durch die leeren Räumlichkeiten. Ihre Wangen glühten vor Freude.

In all den Jahren waren mir ihre Worte präsent. Wann immer mir das *Empfinden an und für sich* einfiel, dachte ich daran, wie gerne ich *für mich* war, mit mir allein. Mein Gedanke musste etwas zu tun haben mit meinem Dasein, mit meiner Existenz. Noch heute kann ich das Gefühl von damals empfinden – das Gefühl, dass mein *für sich* immer bleiben wird. Eine frühe Empfindung meiner inneren Freiheit.

Eines Tages verschwand meine Tante. Für mich geschah es von einem Tag auf den anderen, sie selbst wird ihren Fortgang lange zuvor geplant haben. Darüber gesprochen hat sie mit mir nicht, ich erfuhr es beiläufig von meinem Vater. Die Algarve sei nun ihr neuer Lebensraum, sagte er zu mir. Die Farben seien dort bunter und intensiver, habe sie gesagt.

Ihr Verschwinden konnte meine Sehnsucht nicht zerstören. Eine Sehnsucht, deren Existenz ich mir erklären konnte, für deren Empfindung ich mich jedoch schämte. Eine solche Mutter hätte ich gerne gehabt.

*Das Empfinden an und für sich bedeutet Entfaltung.*

Als ich die Tür des Wohnzimmers öffne, fällt mein Blick auf meine Mutter. Lesend sitzt sie in ihrem Sessel. Da sie kurzsichtig ist, hält sie das Buch direkt vor ihren Augen. Eine Lesebrille lehnt sie ab. Meine Neugierde auf den Buchtitel lässt mich gegenüber von ihr auf dem Sofa Platz nehmen. Sie liest *Biografie: Ein Spiel* von Max Frisch[4]. Das Öffnen der schweren Holztür verursacht stets ein knarzendes Geräusch. Sie muss meine Anwesenheit wahrnehmen, bleibt jedoch weiter in ihre Lektüre vertieft.

»Worum geht es in dem Buch?«, reiße ich sie aus ihrem Lesefluss. Zögernd gibt sie den Blick auf ihre Augen frei und schaut mich eine Weile schweigend an.

»Ich glaube nicht, dass du das schon verstehen kannst«, äußert sie schließlich und nimmt das Buch wieder vor das Gesicht, sodass ich sie nicht mehr sehen kann. Einen kurzen Moment warte ich ab, schließlich stehe ich schweigend auf und verlasse das Zimmer. Ich konnte mir nicht vorstellen, dass ich den Inhalt nicht verstehen würde. Gerade erst hatte ich *Homo faber*[5] ausgelesen. Das Tabu, die Lüge, die Macht des verschwiegenen Wortes. Das Verborgene, das nicht sichtbar, aber spürbar ist.

Ich geduldete mich, bis sie zum Einkaufen fuhr oder spazieren ging. Dies waren ihre zwei Hauptbeschäftigungen, sofern sie nicht las oder trank. Dann setzte ich mich in ihren Sessel und nahm das Buch in meine Hände. Als Lesezeichen verwendete sie stets ein Taschentuch. Ich achtete darauf, dass es an Ort und Stelle blieb.

Auf dem kleinen Tischchen neben dem Lesesessel liegt ihre Armbanduhr. Sie ist ovalförmig, mit einem römischen Ziffernblatt, das Gehäuse ist aus Gold. Mit dem Knöpfchen an der Seite muss die Uhr täglich neu aufgezogen werden. Das Armband ist aus dunkelbraunem Leder. Ich nehme die Uhr in meine Hände. Das Armband ist an der Stelle, an der meine Mutter es am Handgelenk befestigt, etwas gebogen. Als ich es näher betrachte, rieche ich das Parfum, das sie benutzt. Sie sprüht es auf das Innere ihrer Handgelenke, sodass das Lederarmband den Geruch angenommen hat. Der Geruch gefällt mir. Gelegentlich rieche ich ihn, wenn meine Mutter an mir vorbeigeht. Ich halte das Armband an meine Nase und schließe die Augen. Es ist ein kräftiger Geruch, sommerlich. So könnte die Farbe Gelb riechen. Ein Gelb, das, je länger ich den Geruch einatme, langsam in ein Orange übergeht. Als ich meine Augen wieder öffne, sehe ich in den Garten. Sehe ich das, was sie sieht, wenn sie ihr Buch bisweilen zur Seite legt? Da ist der Bachlauf, der sich sanft vom Hang bis in die Ebene schlängelt, das leise Fließen des Wassers, in ewiger Wiederkehr. Da sind die mächtigen Tannen am Rande des Grundstücks, meterhoch, deren Kronen sich wiegen im Wind. Da sind die Beete, die im Frühling farbenfroh blühen, mit Tulpen und Narzissen. Der weiße Flieder, den mein Vater ihr zum Geburtstag geschenkt hat.

Mir fällt ein, was meine Mutter sagte, als unsere damaligen Umzugspläne konkreter wurden: »Wenn ich einen eigenen Garten habe, höre ich auf zu trinken.« Hat sie dies selbst wirklich geglaubt? Oder war es lediglich eine ihrer zahlreichen Versprechungen, die stets einem banalen Bedingungsgefüge folgten: Wenn dieses oder jenes sich verändert, dann ändere ich ebenso dieses oder jenes. Habe ich diesen Versprechungen jemals Glauben geschenkt? Die Antwort ist ebenso eindeutig wie ernüchternd: Ja, das habe ich. Die Versprechungen waren ein Rettungsanker in meinem alltäglichen Erleben, dass es eine Sicherheit zwar nicht gibt, immerhin aber die Hoffnung.

Kürmann, die Figur in *Biographie: Ein Spiel*, erhält die Chance, sein Leben zu ändern, sich hinsichtlich bereits vergangener Erlebnisse anders zu verhalten. Ein Registrator führt ihn zurück an entscheidende Stationen seines Lebens, doch Kürmann wählt immer wieder die gleiche Geschichte. Er kreist stets um seine Erinnerungen, um seine Erfahrungen, er hat sie verinnerlicht als ein Abbild der Realität, die sich für ihn nicht anders entwerfen lässt. Er vermag es nicht, diese eine Erkenntnis zu leben, die grundlegend für eine Veränderung wäre: Dass eine einmal gemachte Erfahrung und die dazugehörige Erinnerung nicht das jetzige Sein determinieren müssen.

Ich denke an den Begriff der *Freiheit*. In der Schule lasen wir *Die Leiden des jungen Werther* von Goethe[6]. In der zu verfassenden Analyse hatte ich dargelegt, dass der Suizid Werthers ein autonomer Akt ist, obgleich zu diskutieren sei, ob es sich um eine freie oder unfreie Entscheidung handelt. Wollte Werther wirklich nicht mehr leben? Oder erschien ihm der eigene Tod als Ausweg, das, was er fühlte, nicht mehr fühlen zu müssen?

Kürmann nutzt seine Freiheit und wiederholt seine Irrwege. Oder ist er gar nicht frei, indem er so handelt?

War es meine Mutter, die eine Veränderung nicht vermocht hat? Oder waren es inzwischen die Auswirkungen ihrer Sucht, ihre psychische und physische Abhängigkeit von diesem Gift? Mit ihrer Vergangenheit legitimierte sie ihre Sucht. Ihre Sucht, diese rückwärts gerichtete Energie, die sich selbst verzehrt, die die Kraft aus der eigenen Zerstörung zieht.

Kann ein süchtiger Mensch überhaupt innerlich frei sein? Kann er einen freien Willen haben? Wie frei war ich in diesem Spiel? Ich spürte, dass die Zeit, die an mir vorbeizog, mich prägen würde. Es waren all die Negationen, all die Erlebnisse, die ich nicht hatte, die jedoch zu ihrer jeweils eigenen Zeit hätten existieren müssen, deren Fehlen ebenso unumkehrbar war wie der Fortgang der Zeit. Wenn ich wie Kürmann hätte entscheiden können, es hätte diesen einen Zeitpunkt nicht gegeben, an dem ich von vorne hätte beginnen könnte, sodass die Geschichte eine andere würde. Es hätte nicht in meiner Macht gestanden. Mein Referenzpunkt war das Jetzt, eine Wirklichkeit, die von meinen inneren Bildern lebte, von gedanklichen Imaginationen, geboren aus den vielen Negationen, die den Charakter einer eigenen Entität angenommen hatten. Ich war gezwungen in die Bedingungen der Gegenwart. Die fehlende innere Freiheit meiner Mutter war auch meine. Die Betäubung, der sie sich aussetzte, betäubte auch mich. Ich habe sie inhaliert, ihre Absage an das Leben, an alles, was Freude bereitet. Meine Intelligenz wird mich in den nächsten Jahren täuschen, sie wird mich glauben lassen, dass ich mein Leben steuere, obgleich es das Leben ist, das mich steuert. Ich werde überzeugt sein, dass ich frei entscheiden kann, obwohl ich dazu nicht in der Lage bin. Ich werde mich nicht spüren, kein Gefühl für mich haben, in einer dauerhaften Schockstarre sein. Kognitiv werde ich verstehen, dass mein Verhältnis zu meiner eigenen Existenz reflexiv ist, dass meine Existenz mir zugehörig ist, indem ich mich zu ihr verhalte. Ich werde annehmen, dass ich Heidegger verstanden habe, wenn er sagt, dass es die *Sorge* sei, die dem Menschen sein Dasein bewusst mache. Die *Geworfenheit*, von der Heidegger spricht, meine ich zu verstehen, als ich erstmals depressiv werde. Der Begriff hat etwas Rohes, etwas Brutales, er beschreibt einen Zustand, eine Realität, deren Existenz nicht abzuändern ist, bei der es nur noch darauf ankommt, wie und in welcher Form ich mich dazu verhalte. Von dem, was Heidegger mit *Entwurf* meint, konnte ich mir kein Bild machen. Das *Sein zum Tode* jedoch fühlte sich greifbar an.[7]

Ich habe meine Existenz nicht entschieden. Und meine Mutter hat es bereut, sie entschieden zu haben.

Nach einigen Wochen hatte ich das Buch von Max Frisch ausgelesen. Ich fragte mich, wie mein Leben wäre, wenn meine Mutter nicht trinken würde, wie es wäre, wenn sie sich gegen das Trinken entscheiden würde. Es war die Zeit, in der ich sie zunehmend mit ihrer Sucht konfrontierte. Ich bemühte mich um eine klare Sprache, um dem Schweigen meiner Familie etwas entgegenzusetzen, um den Zwang zum Bagatellisieren zu durchbrechen. Als ich eines Morgens in ihren Augen sehe, dass sie wieder getrunken hat, spreche ich sie an.

»Ist dir klar, dass du nur an dich denkst, wenn du dich betrunken an den Frühstückstisch setzt? Weißt du, wie sehr mich das anwidert?«

Sie steht auf und geht in meine Richtung. Als sie neben mir steht, holt sie weit aus und schlägt mir ins Gesicht. Ich habe Schmerzen und muss weinen. Sie ist schon auf dem Weg in die Küche. Ich laufe hinter ihr her und bleibe im Türrahmen stehen.

»Es ist nur die Frage, WER das Buch von Max Frisch nicht verstehen kann. Du machst alles kaputt!«, schluchze ich ihr entgegen. Ihr eisiger Blick streift mich nur kurz. Sie schlägt die Tür zu und verschwindet in den Keller.

Es fühlt sich weit weg an, dass sie mich geschlagen hat. Es war ein einmaliges Ereignis, eine körperliche Darbietung, eine atmosphärische Inszenierung. War es nicht vielmehr so, dass ihre Ablehnung schon immer da war, bereits immer spürbar für mich, in jedem ihrer Blicke, in jedem ihrer Worte? Hat es einen Unterschied für mich gemacht, dass ich ihre Ablehnung kurz körperlich gespürt habe? Das Brennen meiner Wange, es währte nur kurz. Dass sie mich abgelehnt hat, schon immer, bis zu ihrem Tod, das Gefühl des Absoluten, von dem aus es keine Entwicklung mehr gibt, keine Annäherung mehr an meine Mutter, an die Lebende, lediglich meine Bewegung hin zu einer Sublimation, diese Tatsache empfinde ich als existenziell.

Die Ablehnung, auch sie ist eine Entität.

## VERSCHLEIERTE WÜRDE

Der Fortgang der Zeit, er geschieht, sobald wir beginnen zu existieren. Die Zeit war mir gegeben, wie jedem Menschen, der sich und seine Existenz zunächst nicht hinterfragt, da wir nicht in der Lage sind, einen Zustand der Nichtexistenz zu denken.

Hätte ich mich anders zu mir selbst verhalten, wenn mir die Unwiederbringlichkeit der Zeit bewusst gewesen wäre? Oder war der zeitliche Fortgang zunächst eine zwangsläufige Notwendigkeit, da, wie Kierkegaard sagt, das Leben erst in der Rückschau verstanden werden kann?[8] Ringe ich um das Verstehen? Um die Akzeptanz? Das Verstehenwollen ist der Versuch einer Sinngebung, vielleicht ist es das, was Frankl als seelisches Wachstum bezeichnet.[9]

Die Zeit, die nur eine Richtung kennt, sie verwob die Jahre meiner Kindheit und Jugend zu einer Ansammlung von bruchstückhaften Erinnerungen, Jahreszahlen, die es in ihrer Chronologie selbstverständlich gegeben hat, die sich jedoch in meiner Wahrnehmung verdichtet haben zu einer unterschiedslosen Phase meines Lebens. Der Zeitraum zwischen den Jahren 1991 und 1996 war eine Phase, die in meiner Erinnerung ein Konglomerat aus erinnerten Bildern und gesprochenen Sätzen ergibt.

Als habe meine Wahrnehmung langsam auf einen Auslöser gedrückt, um die Situation für immer im Gedächtnis abzubilden, sehe ich das Getriebene im Gang meiner Mutter, als habe sie es eilig, ihre schnellen Schritte, den Kopf dabei leicht gesenkt, als wolle sie verschwinden, als könne sie den Blicken der Anderen entweichen, wenn sie sich nur schnell genug fortbewegt. Ich sehe, wie sie wegschaut, während sie spricht, mit leiser Stimme, die stets einen latenten Vorwurf transportiert, als müsse sie sich wehren, gegen wen auch immer, sich des Lebens erwehren. Im Laufe der Zeit war es einerlei, was ich zu ihr sagte oder wie ich sie anschaute. Augenscheinlich tangierte sie nichts, sie war die personifizierte Anschuldigung.

Als ich mich eines Morgens im Juli 1992 auf die Terrasse begebe, bei schönstem Sonnenschein, ich hatte gerade geduscht, meine nassen Haare sind in ein Handtuch eingewickelt, das ich mit einer Klammer am Kopf befestigt habe – dieser Anblick veranlasste meinen Vater stets zu einem Lächeln –, sitzt sie am Gartentisch, die blauen Augen und die Lippen dezent geschminkt, um das linke Handgelenk trägt sie ihre goldene Armbanduhr. Sie hat ein schwarzes Kleid an, ärmellos. Dunkle Locken, kinnlang, rahmen ihr Gesicht ein, ihr rechtes Auge wird sanft von einer Locke bedeckt. Sie blättert in der *ZEIT*, auf dem Tisch steht eine Glaskaraffe mit frisch gepresstem Orangensaft, daneben die Kaffeekanne aus weißem Porzellan, deren Deckel man beim Eingießen mit einem Finger festhalten muss, damit er nicht herunterfällt. Auf ihrem Teller liegen einzelne Krümel des Toastbrots, das sie gegessen hat. Als habe sie auf mich gewartet, stehen Teller und Tasse an meinem Platz. Im Brotkörbchen liegen noch zwei Scheiben Brot.

Es sind Sommerferien, die erste von sechs langen Wochen. Mein Bruder ist in seinem Zimmer und übt sich – wie so häufig – im Programmieren, das er sich selbst beibringt. Die Haushälterin hält sich im Untergeschoss des Hauses im Wäschezimmer auf und bügelt, dabei hört sie Schlagermusik, stets mit Kopfhörern, die mit ihrem Walkman verbunden sind. »Die Arbeit geht mir dann leichter von der Hand, mein Schätzchen«, sagte sie zu mir. Sie nannte mich immer *Schätzchen*, es gefiel mir, da in ihrer Stimme etwas beruhigend Warmherziges lag. Gleichzeitig spürte ich ihre Unbedarftheit, die mich anrührte. Mein Vater ist bereits seit den frühen Morgenstunden in der Firma. Ich setze mich meiner Mutter gegenüber und gieße mir einen Kaffee ein. Als ich aufschaue, um ihr einen guten Morgen zu wünschen, schaue ich in ihre Augen. Sie sehen anders aus als sonst, klar, verwunschen. Wenn ich es nicht besser wüsste, würde ich meinen, dass sie selig blicken an diesem wunderbaren Sommertag. Meinen morgendlichen Gruß erwidert sie nicht. Stattdessen schaut sie mich an, so seltsam verträumt, ihre Lippen formen sich zu einem leichten Lächeln. Ich spüre, wie eine diffuse Angst in mir emporsteigt. Ich hatte damit gerechnet, dass es wie immer ist, dass ich mit ihr am Tisch sitze, dass sie kaum mit mir spricht, dass sie meinen Blicken ausweicht, dass sie, während ich mühsam ein Gespräch versuche, die großformatige *ZEIT* vor ihr Gesicht hält. Stattdessen schaut sie mich an, auf ihrem Schoß liegt die *ZEIT*, sie hält den Blick, aber ich habe das Gefühl, dass sie durch mich hindurch sieht.

»Mein Kind«, spricht sie plötzlich in die Stille hinein, »hör doch! Die Nachbarn haben ein Sinfonieorchester bestellt, sie spielen die letzte Szene aus *Hänsel und Gretel*. Wie wunderbar …«

Ich lege das Messer, mit dem ich mir gerade Butter auf das Brot schmieren wollte, zur Seite und lehne mich zurück. Die Amsel hockt in der Krone des Apfelbaums und singt ihre Lieder, ihren Kopf hat sie dabei leicht nach hinten geneigt, als wolle sie ihre Melodie in den Himmel schicken. Über den Wolken fliegt ein Flugzeug, ich höre die Motoren aus der Ferne. Ein Orchester höre ich nicht.

»Da ist nichts«, entgegne ich und schaue sie dabei an. Ich spüre, wie mein Herzschlag schneller wird. Sie schaut noch immer durch mich hindurch, plötzlich schließt sie die Augen und summt die Melodie der letzten Szene, den Kopf hält sie dabei leicht schräg. Obwohl ich es nicht will, spreche ich in Gedanken den Text der Schlussszene, die in der Vergangenheit etliche Male laut durch unser Wohnzimmer schallte, gespielt von den Wiener Philharmonikern.

»Merkt des Himmels Strafgericht:
böse Werke dauern nicht.
Wenn die Not aufs Höchste steigt,
Gott der Herr sich gnädig zu uns neigt.
Ja, wenn die Not aufs Höchste steigt,
Gott der Herr die Hand uns reicht!«[10]

Es hätte tragischer nicht sein können. Vielleicht war es auch tragikomisch. Hatte ich nicht bei Bettelheim gelesen, dass das Märchen von *Hänsel und Gretel* eine Symbolisierung kindlicher Lernaufgaben sei? Sprach er in diesem Zusammenhang nicht auch davon, dass das Kind lernen muss, eine orale Fixierung aufzugeben, um höher gelegene Entwicklungsstadien erreichen zu können? Sagte er nicht, dass das Verharren in einem primitiven oralen Stadium destruktiv sei?[11]

In meinen Beinen spüre ich ein Kribbeln, meine Hände werden feucht. Ich schaue ihr zu, wie sie dort sitzt, leicht lächelnd, mit geschlossenen Augen und die Schlussszene der Oper summt. Plötzlich, als habe jemand einen Schalter gedrückt, lege ich meine Serviette zur Seite, stehe auf und gehe ins Wohnzimmer. In mir ist alles in Aufruhr, nach außen jedoch bin ich die Ruhe selbst. Ich greife den Telefonhörer und wähle die Nummer der Firma. Die Sekretärin meines Vaters nimmt ab.

»Es tut mir leid, aber dein Vater befindet sich gerade in einer wichtigen Besprechung. Er möchte nicht gestört werden. Ist es denn wichtig?«

Eigentlich bin ich schon der Meinung, dass es wichtig ist, aber ich möchte keinen Ärger bereiten. Wahrscheinlich steckt er mitten in Preisverhandlungen. Die sind schließlich ebenso wichtig.

»Schon gut«, höre ich mich sagen, »ich versuche es später noch einmal.«

Nervös wähle ich die Nummer meiner ältesten Schwester und lasse es lange klingeln. Als ich nicht mehr damit rechne, nimmt sie ab.

»Du musst sofort kommen. Mama behauptet, die Nachbarn hätten ein Orchester im Garten, das die Schlussszene aus *Hänsel und Gretel* spielt.«

»Wie bitte?«, fragt meine Schwester mit einem entsetzten Unterton. »Hast du Papa informiert?«

»Ich habe es versucht«, antworte ich, »aber er ist nicht zu sprechen.«

»Es kann alles nicht wahr sein! Versuch bitte, ruhig zu bleiben. Ich mache mich sofort auf den Weg.«

Ich kann meine innere Unruhe nicht zurückhalten. »Was passiert hier? Warum hört sie ein Sinfonieorchester?«, frage ich sie.

»Ich kann es nur vermuten«, gibt sie zur Antwort. »Wahrscheinlich hat sie ein Delir. Du musst einen Krankenwagen rufen. Traust du dir das zu?«

Mir ist vollkommen klar, dass ihre Frage rhetorisch gemeint ist. Ich habe gar keine Wahl. Als ich den Notruf wählen will, höre ich plötzlich seltsame Geräusche. Es hört sich an wie ein Klatschen, nur langsamer, nicht rhythmisch. Ich lege den Hörer zurück und laufe auf die Terrasse. Meine Mutter sitzt noch immer am Tisch und schlägt sich abwechselnd mit beiden Händen auf die Arme.

»Mama, was tust du denn da?«, rufe ich und renne zu ihr.

»Ich muss sie töten, die Käfer! Sie wollen mich umbringen!«

Ich halte ihre Handgelenke fest und schaue auf ihre Unterarme. Ich kann die Käfer nicht sehen. Stattdessen sehe ich, wie ihre Hände zittern.

»Bleib ruhig«, rede ich auf sie ein, »die Käfer werden gleich verschwinden, ganz sicher.«

Ich muss sie allein dort sitzen lassen, um den Krankenwagen rufen zu können. Am Telefon erwähne ich nicht, dass sie ein Orchester in der Nachbarschaft hört und Käfer auf ihren Armen krabbeln sieht. Ich sage lediglich: »Meine Mutter ist Alkoholikerin und hat ein akutes Delir.«

Meine Schwester ist vor den Sanitätern da. Sie stürmt auf die Terrasse und hält die Handgelenke meiner Mutter fest, wie ich es zuvor auch schon getan hatte. Als sie hört, wie meine Mutter die Schlussszene der Oper singt, immer wieder von vorn, fängt sie still an zu weinen. Ich sehe die Tränen, die an ihren Wangen hinab laufen. Sanft lege ich meine Hand auf ihre Schulter.

Habe ich denn gar nicht gespürt, dass ich mir selbst auch Trost gewünscht hätte?

Als ich die Martinshörner höre, öffne ich die Gartentür und trete in die Einfahrt des Hauses. Ich muss nur noch in Richtung des Gartens zeigen und sehe, wie zwei Sanitäter und ein Notarzt zu meiner Mutter laufen. Meine Beine zittern, mein Herz rast. Ich setze mich abseits des Gartentisches auf eine Liege und sehe, wie der Arzt meiner Mutter eine Kanüle in den rechten Arm legt. Die Sanitäter stehen daneben und reden mit meiner Schwester. Ich kann nur Bruchstücke verstehen. »Schon etwa zwanzig Jahre«, »bisher nicht.«
Plötzlich, wie aus dem Nichts, sehe ich meinen jüngeren Bruder an der Terrassentür stehen. Ich kann nicht sagen, wie lange er schon dort steht. Er

starrt in Richtung meiner Mutter, seine Augen sehen aus, als habe jemand zu seinem Schutz einen leichten Schleier davor gelegt. Ich stehe auf und gehe zu ihm. Er scheint mich nicht zu bemerken, da er den Blick nicht von meiner Mutter abwendet.

»Der Arzt hat die Situation im Griff, er kümmert sich«, sage ich zu ihm. Ich erwähne nicht, dass unsere Mutter ein Delir hat. Er hätte ohnehin nicht gewusst, was das bedeutet.

Es war wie damals, als wir Kinder waren. Wie oft habe ich mich schützend vor ihn gestellt, ihn am Arm ins Kinderzimmer gezogen, um ihn abzulenken, um ihn nicht das sehen zu lassen, was ich gesehen habe. Unsere Mutter, wie sie torkelnd durch den Flur läuft. Unsere Mutter, wie sie sich am Türrahmen festhält und dabei die Flasche Wodka leert.

»Hat sie jetzt so viel getrunken, dass ein Notarzt kommen musste?«, fragt er mich. Der nüchterne Ton in seiner Stimme erschreckt mich. Dass ich nach außen ebenso nüchtern bin, nehme ich nicht wahr.

»Wahrscheinlich hat sie viel getrunken und dann länger in der Sonne gesessen. Das macht der Kreislauf nicht lange mit.« Meine Antwort scheint ihn zu beruhigen, er nickt leicht mit dem Kopf.

»Dann wird es ihr bald besser gehen. Ich gehe wieder in mein Zimmer«, sagt er, während er sich schon umgedreht hat und durch das Wohnzimmer verschwindet.

Ich fühle mich schlecht, da ich ihn angelogen habe – ich habe ihm nicht gesagt, dass meine Mutter in diesem Fall nichts getrunken hat, dass sie vielmehr einige Tage lang versucht hat, abstinent zu bleiben. Vielleicht wäre er stolz auf sie gewesen, vielleicht hätte er ihr Bemühen sehen können. Stattdessen glaubte er nun, sie habe mehr Alkohol getrunken als sonst.

Als ich mich umdrehe, sehe ich, wie die Sanitäter meine Mutter auf eine Trageliege legen. Meine Schwester kommt auf mich zu. Auf ihrem gelben, engen T-Shirt haben sich unter beiden Achseln große Schweißflecken gebildet.

»Ich fahre mit ins Krankenhaus. Kannst du bitte gleich ein paar Dinge für Mama einpacken? Ein bisschen Kleidung, Sanitärartikel. Wir bringen ihr die Sachen dann später«, sagt sie. In ihrer Stimme liegt etwas Gehetztes, etwas Unruhiges.

Dies werden meine Schwestern und ich gemeinsam haben in den nächsten Jahren: Das nach außen gerichtete Agitiertsein, das fokussierte Handeln im Dienste unserer Mutter, die permanente Befriedigung ihrer Bedürfnisse – waren wir es, die ihre orale Fixierung bedienten? –, das Kreisen um das immer Gleiche, das uns zu unterschiedslosen Subjekten machte. Wie war es denn bestellt um unsere Subjektwerdung? Ist das Subjekt nicht der Mensch, der das, was um ihn herum ist, wahrnehmen, erkennen und in der Folge auch verändern kann? Strebt ein Subjekt nicht danach, dass seine Bedürfnisse befriedigt werden? Wie verhält es sich mit der sozialen Verantwortung und der Moral? Wo ist die Grenze zu ziehen zwischen dem Tun für Andere und dem Bedürfnis nach eigener Entfaltung? Ist es nicht eine Pflicht, anderen Menschen zu helfen? Moralisch gutes Handeln sei ein Gebot der Vernunft – so hatte ich es im Philosophieunterricht gelernt, als wir über Kant sprachen.

Wir halfen, wir stützten, wir verwalteten ihr Siechtum. Dass wir selbst bedürftig und suchend waren, spürten wir nicht.

Wenn die Not aufs Höchste steigt …

Ich empfand eine innere Not, aber durfte ich diese Not artikulieren? Warum spürte ich Gott nicht? Hatte er am Ende gar nichts mit den Zuständen bei uns zu Hause zu tun? War es denkbar, dass es ihn gar nicht gab?

Es war Krieg in Bosnien-Herzegowina. Die Menschen starben, sie wurden gewaltsam getötet, geschändet. Ich las von unvorstellbarem Leid, das mich fragen ließ, was den Menschen zum Menschen macht. Ein kollektives Trauma erfasste das

Land, ein Trauma, das weitere Generationen überdauern würde. War es moralisch gerechtfertigt, angesichts dieses Grauens von meiner subjektiven Not zu sprechen? Durfte ich es *Leiden* nennen, wenn ich an einem Sommertag im Juli mitten in einem großen, blühenden Garten sitze, frisch gepressten Orangensaft trinke und mir die Sonne ins Gesicht scheint? Hätte ich nicht höchstens sagen können, dass ich traurig war, weil meine Mutter nun ins Krankenhaus musste? Was bedeutete es denn eigentlich für mich und meine Entwicklung, dass meine Mutter sich selbst sukzessive jede Würde nahm?

Die Jahre zwischen 1991 und 1996 waren arm an Erlebnissen. Es waren derartige Geschehnisse, wie an diesem Tag im Juli 1992, die sich in meiner Erinnerung ausbreiteten, als umfassten sie nicht nur einen Tag, sondern als erstreckten sie sich über ein ganzes Jahr. Die Geschehnisse waren mein Erlebnisraum. Je mehr Geschehnisse es gab, desto stiller wurde es in mir. Meine Loyalität nach außen jedoch war unerschütterlich. Und dann waren da noch die Bilder in meinem Kopf, die sich anhäuften, die sich übereinander legten, nicht chronologisch. Es waren einzelne Details, die ich mir merkte, die Eile des Notarztes, die Sanitäter, die meine Mutter auf die Liege legten – viele Jahre später waren es die Bestatter, die sie an den Füßen und am Kopf festhielten –, die Wespen, die sich im geöffneten Erdbeer-Marmeladenglas tummelten, der Abdruck des roten Lippenstiftes auf der Kaffeetasse meiner Mutter, das Plastikpapier der Kanüle, das der Arzt auf den Tisch gelegt hatte. Daneben die aufgeschlagene *ZEIT*. Hatte meine Mutter den Artikel gelesen? War ihr das in ihrem Zustand überhaupt möglich? Ich erinnere die Überschrift: *Philosophen gehen, Macher kommen*[12]. Václav Havel, der tschechische Intellektuelle, der Andersdenkende, wurde nicht wiedergewählt. Havel, so die Verfasserin, habe die Menschen daran erinnert, dass sie sich selbst ändern müssten, wenn das System sich ändern solle. Es sei das Individuum, das ein »Leben in Lüge« verlassen müsste, um ein »Leben in Wahrheit« führen zu können.

Hätte ich meine Loyalität aufkündigen müssen? Wie hätte ich mich ändern sollen, da ich doch für mich selbst kein Gespür hatte?

Als sich die Gartentür schließt, sehe ich die Haushälterin auf der Schwelle zur Terrasse stehen. In den Händen hält sie einen Korb mit frisch gebügelter Wäsche, um den Hals hat sie die Kopfhörer gelegt. Der Walkman mit der Schlagermusik-Kassette steckt in ihrer Schürze.

Ich erinnere mich an ihren großen Stolz, als sie mir erklärte, wie man ein Oberhemd bügelt. Für die Ärmel nutzte sie einen Aufsatz, den sie auf das Bügelbrett stellte. So konnte sie die Ärmel mit der Öffnung darüber stülpen und jede Seite einzeln bügeln. »Die Kanten müssen hinterher genau aufeinander liegen, damit keine Falten entstehen«, erklärte sie mir und schaute mich dabei sehr zufrieden an. Sie bügelte sogar unsere Unterwäsche und die Socken. Insgeheim hatte ich ein bisschen Mitleid mit ihr. Am liebsten hätte ich ihr gesagt, dass all dies nutzlos war. Sie hätte mich nicht verstanden.

»Wo ist denn deine Mutter?«, fragt sie mich, während sie in Richtung des Gartentisches blickt.

»Es ging ihr nicht so gut, deshalb war gerade ein Arzt da. Vermutlich hat sie bei der Hitze zu wenig Wasser getrunken. Sie ist jetzt im Krankenhaus, nach einer Infusion geht es ihr hoffentlich bald besser.« Mit dem Handrücken wische ich die Schweißperlen von meiner Stirn.

»Manche Menschen muss man ans Trinken erinnern, bei meinem Mann ist das auch so«, sagt sie, während sie den Wäschekorb abstellt. Als sie zum Gartentisch geht, bemerkt sie: »Mein Schätzchen, du hast ja noch gar nicht gefrühstückt! Ich koche dir erst mal einen frischen Kaffee.«

Wortlos bleibe ich auf der Terrasse stehen. Ihr kann unmöglich klar sein, was sie da gerade gesagt hat. Ich habe zum wiederholten Male an diesem Tag gelogen und fühle mich schlecht. Gleichzeitig bin ich überrascht, wie mühelos mir das Lügen gelingt. Meine kleinen Alltagslügen, sie verschwinden hinter der Lebenslüge meiner Mutter.

Als ich später die benötigte Kleidung meiner Mutter in eine Tasche packe, schellt das Telefon. Mein Vater ist am Apparat, meine Schwester hatte ihn inzwischen benachrichtigt.

»Wenn demnächst so etwas ist, dann lass dich bitte durchstellen. Sag einfach, dass es wichtig ist«, legt er mir nahe.

Ich überlege kurz, warum er für die Zukunft ähnliche Situationen schon vorwegnimmt. Dass ich ihn nicht stören wollte, sage ich nicht.

»Kann ich Mama besuchen gehen?«, erkundige ich mich bei ihm.

»Ja, im Prinzip schon«, antwortet er. Dann schweigt er für einen Moment.

»Da ist etwas, das anders ist als sonst«, fügt er nach einiger Zeit hinzu.

Ich weiß nicht, was er meint. Meine Mutter war schon oft im Krankenhaus, stets zur Entgiftung, immer für ungefähr zwei Wochen.

»Sie liegt auf einer geschlossenen Station«, sagt er. Seine Stimme klingt besorgt und überfordert.

Ich kann sie spüren, seine Angst, erstmals in meinem Leben. Und dann erfasst sie auch mich. Ich habe das Gefühl, ins Bodenlose zu fallen, tief, immer tiefer, bei vollem Bewusstsein, ohne jede Betäubung. Ich sehne mich nach einem tiefen Schlaf, traumlos, aus dem ich nicht erwachen möchte.

## Vakuumisiertes Schweigen

Fortan war sie da, immer mal wieder, wie aus dem Nichts, die Angst zu fallen, ein Zustand, in dem selbst ein primitives Denken nicht mehr möglich ist. Ein Gefühl, als würde die Seele kollabieren und dabei die Atmung mit in die Tiefe reißen. Eine ebenso rückwärtsgerichtete Energie wie die Sucht meiner Mutter. Ihre Ablehnung meiner selbst war kontingent. Sie war geschehen, weniger als ein singuläres Ereignis, vielmehr als eine Tatsache, die in meiner Empfindung niemals anders war.

Selbstredend gab es zugrundeliegende Ursachen für ihre Sucht. An die Aussage eines Neurologen, dem meine Mutter im Rahmen ihrer zahlreichen Klinikaufenthalte begegnete, ihre Sucht sei das Resultat einer genetischen Fixierung, ein von Gott – wer auch immer er sei – gesandtes Schicksal, das wir voller Demut zu akzeptieren haben, konnte und wollte ich mich in all den Jahren nicht gewöhnen, zumal mich diese ärztliche Weisheit zu der Frage verleitet hätte, ob der Alkoholismus als genetisch bedingtes Faktum auch auf mich warten und sprichwörtlich wie ein Damoklesschwert vom Himmel auf mich herabfallen würde. Es gab viele dieser Legitimationen, sie waren energiereich und bedeutsam, reduzierten sie doch die Sorgen meines Vaters auf ein erträgliches Maß und ermöglichten meiner Mutter, sich ihrem vermeintlichen Schicksal voller Selbstmitleid hinzugeben.

Über die zu vermutenden Ursachen ihrer Sucht wurde über viele Jahrzehnte ebenso geflissentlich geschwiegen wie über die Sucht an sich. So flohen wir am Ende alle den Blick in den Spiegel, stattdessen entfaltete sich im Laufe der Jahre unbemerkt die Wirkmächtigkeit all der projektiven Phänomene. Der getriebene Gang meiner Mutter bedeutete meinen stillen, inneren Rückzug. Die vehemente Ablehnung ihrer selbst hatte meine Schuldgefühle zur Folge, obwohl mein Verstand mir sagte, dass ich nicht schuldig war. Dass sie anderen Menschen nicht in die Augen gesehen hat, um sich selbst nicht sehen zu müssen, verursachte die Abkapselung meiner eigenen Gefühle.

All die Interdependenzen, all die Modalitäten, die in meiner Empfindung des Abgelehnt-Seins mündeten, lassen sich psychologisch erklären. Es gab sie nicht, die Erbsünde, diesen Ausgangspunkt der kollektiven Schuld, von dem aus angeblich jede persönliche Entwicklung ihren Anfang nimmt. Nicht zuletzt war es dieses Postulat, das sich ebenso konstant und unsichtbar wie die behauptete genetische Fixierung durch mein Leben zog: Ich sei per se schuldig, wie jeder Mensch, und nur Gottes Liebe könne mich aus dieser Schuld befreien. Die Wirkmacht dieser tradierten Überzeugung wurde mir deutlich, als ich für mich selbst beschloss, dass es keine Erbsünde gibt, dass sie schlicht nicht existent ist. Im Sinne Camus' war dies ein Akt der Revolte, ein befreiender Akt der Selbstermächtigung.[13] Ich erinnere mich an die Unterstellung meiner Mutter, ich wolle ihr eine Schuld einreden.

»Willst du etwa behaupten, dass ich schuld bin?«, war ihre Reaktion, wenn ich sie an ihre Verantwortung erinnerte. Ich kann nicht zählen, wie oft sie mir diese Frage gestellt hat. Damals war mir nicht klar, wie absurd das Unterfangen ist, einem renitenten Alkoholiker den Unterschied zwischen Schuld und Verantwortung zu erklären.

Die freiheitliche Abgrenzung und Selbstentfaltung sind die einzig zu rechtfertigenden Antworten auf den süchtigen Narzissmus des Alkoholikers. Kants Postulat, die eigenen egoistischen Neigungen mittels der Hilfe für andere Menschen in Schach zu halten, klingt moralisch edel, bedeutet jedoch im Zusammenleben mit einem uneinsichtigen, alkoholkranken Menschen zwangsläufig die Selbstaufgabe. Ich bin nachsichtig mit mir, da ich die subtilen Mechanismen der Sucht mit fünfzehn Jahren unmöglich allumfassend hätte verstehen können. Sie kann mich ängstigen, die Ablehnung meiner Mutter, sie kann mich jedoch auch befreien, wenn ich zulasse, dass es denkbar ist, was ich bisher zu denken abgelehnt habe – vielleicht hat mein Leiden mich daran gehindert. Dass sie keine Intention hatte, ihre Ablehnung, dass ich nicht die Ursache ihrer Lebensfeindlichkeit war – hätte ich diese Überzeugung, so wäre die Entfaltung meiner Autonomie verhindert –, dass all das Forschen nur münden kann in einer endlosen Schleife immer neuer Ungewissheiten, da das Leben – und hier ist vielleicht der eigentliche Ausgangspunkt der Freiheit, wie Camus sie versteht – eine Ansammlung von Zufällen und Absurditäten ist. Und so ist es wahrscheinlich ein sinnloses Unterfangen, die Vergangenheit verstehen zu wollen, da der chronologische Fortgang der Zeit keine Entsprechung hat in einer Systematik der Erinnerung. Diese Erkenntnis macht ein posttraumatisches Wachstum, ein Streben nach subjektivem Sinn, in keiner Weise obsolet. Vielmehr liegt der Sinn darin, zu benennen, zu widersprechen und damit den Kreislauf der Projektionen, deren naturgemäßes Wesen es ist, ewig wiederzukehren und fortzudauern, sofern sie unbewusst bleiben, zu durchbrechen.

Auf der Ebene der Empfindungen sind es auch die scheinbar banalen Details meiner Erinnerung, die Vieles im Rückblick subjektiv bedeutsam machen. Das Parfum meiner Mutter, dessen Duft so unglaublich widersprüchlich zu ihrem gelebten Leben ist. Ihr schönes Gesicht, das im Laufe der Jahre durch den Alkohol entstellt wurde – ich sah mal eine Zeitraffer-Aufnahme von Schnittblumen, die in einer mit Wasser gefüllten Vase standen.

  Meine Freiheit bedeutet auch die Freiheit des Loslassens; eines Loslassens, das nicht gleichbedeutend ist mit einer Relativierung meines subjektiv empfundenen Leidens, sondern vielmehr ein Resultat desselben darstellt. Ich durfte mein Leid empfinden. Jeder noch so kleine Versuch, es kognitiv zu regulieren, hätte es größer und größer werden lassen, wenn auch im Verborgenen. Subjektiv empfundenes Leid kann nicht kategorisiert werden. Wenn dem so wäre, hätte es spätestens nach Auschwitz kein Leid mehr geben dürfen. In Wirklichkeit war das Gegenteil der Fall. Das, was Auschwitz wirklich bedeutet, ist bis heute spürbar. Es ist das verschwiegene Leid in all seinen Facetten, das die Menschen über Generationen hinweg an einem Leben in Freiheit hindert, nicht eine behauptete Erbsünde, die mittels eingeredeter Schuldgefühle legitimiert wird.

Die fortschreitende Demoralisierung meiner Mutter und das jahrelange Schweigen waren omnipräsent. Es ist schwer vorstellbar, dass das Schweigen, diese unsichtbare Energie, alle Räume eines Hauses füllen kann, sie überfluten kann, wie ein Vakuum, das jede Lebensenergie, jedes Streben nach Exploration an sich reißt. Ich sollte erleben, dass das Schweigen eine weitergehende Dimension hat. Es gab noch mehr als das, was nicht gesagt wurde. Es gab ein Schweigen, das Ausdruck war für eine existenzielle Hilflosigkeit, für eine nackte Angst, für den vorweggenommenen Tod, der lediglich auf den richtigen Zeitpunkt wartete. Dieses Schweigen, über das ich später zu meinem Vater sagen würde, dass ich es kaum aushalte, dass ich schreien und wegrennen könnte, dass es in mir das Gefühl hervorruft, die Konturen meines Körpers lösten sich langsam auf, begegnete mir bei meinem Besuch auf der geschlossenen Station im Juli 1992. Und da gab es noch etwas, das mir dort begegnete, etwas, das meine Lebenslust beflügelte und eine Ahnung hervorrief, dass das Leben mehr sein kann als der immer gleiche Wahnsinn, der mich umgab. Das Absurde war mir niemals näher als an diesem Nachmittag.

## SINN, HIMMELBLAU

»Ich werde dich begleiten«, sagt mein Vater zu mir, als ich mich aufmache, um meine Mutter zu besuchen. Mir soll es recht sein, so muss ich nicht mit dem Bus zur Klinik fahren.

Ich sehe, wie mein Vater vor dem Spiegel im Eingangsbereich des Hauses steht und seine bordeauxrote Krawatte zurecht rückt. Er trägt ein weißes Hemd, frisch gebügelt und gestärkt, an den Ärmeln geschlossen mit goldenen Manschettenknöpfen. Sein schwarzer Anzug sitzt perfekt, die ebenso schwarzen Lederschuhe glänzen. Ich kann den Duft seines Rasierwassers riechen, er ist markant, würzig und kräftig. Ich rieche diesen Duft gerne. Manchmal schließe ich die Augen, wenn ich neben meinem Vater stehe, dann ist der Duft noch intensiver, dann tauchen sie auf, die Farben, ein dunkles Grün, wie die großen Fichten in unserem Garten, das an den Rändern sanft in ein Türkis übergeht.

Noch heute, lange nach seinem Tod, geschieht es, dass ich den Duft rieche, wenn ein wohlriechender Mann auf der Straße an mir vorbeigeht. Dann schließe ich die Augen und denke an meinen Vater.

»Papa, wir fahren in eine Klinik, nicht zu einem Geschäftsessen. Nimm doch wenigstens diese Krawatte ab. Und überhaupt – draußen ist es heiß, du brauchst das Sakko nicht!«

Mein Vater scheint unbeeindruckt zu sein. Mit der rechten Hand fährt er sich über sein blondes Haar und glättet den Scheitel. »Wir können jetzt fahren«, sagt er, greift nach seinem Autoschlüssel und geht voraus.

Während ich ihm folge, werfe ich einen Blick in den Spiegel. Ich sehe meinen mädchenhaften Körper, die fehlenden Rundungen. Ich leide darunter, dass ich derart kindlich aussehe, aber an den Blicken der Männer spüre ich, dass sie das Mädchenhafte anziehend finden. Also verstecke ich meinen Körper nicht, ich trage eine enge Jeans, die ich knapp unter den Gesäßtaschen mit einer Schere abgeschnitten habe, und ein knallrotes T-Shirt, auf dem sich meine kleinen Brüste abzeichnen. Ich fühle mich sehr unwohl, am liebsten würde ich hinter meinem Körper verschwinden.

Mein Vater findet meinen Kleidungsstil absolut unverständlich.

»Ich gebe dir Geld, damit du dir eine Hose kaufen kannst, und du schneidest als Erstes die Hosenbeine ab? Warum kaufst du dir dann nicht direkt eine kurze Hose?«, fragt er mich entsetzt, als ich die Schere zurück in die Schublade lege.

Dass das nicht das Gleiche ist, versteht er nicht. Noch viel weniger versteht er meine Freizügigkeit, spricht hingegen vom Verfall der Sitten und dem nahenden Untergang des Abendlandes. Dass es mich selbst einige Überwindung kostet, meinen Körper zu zeigen, sage ich ihm nicht.

Als wir mit dem Auto auf den Parkplatz fahren, blicke ich auf ein großes, kantiges Gebäude, das sichtbar in die Jahre gekommen ist. Die Fassade ist grau, die Fenster sind klein.

»Kein Ort zum Wohlfühlen«, murmele ich vor mich hin.

»Deine Mutter ist hier nicht im Urlaub«, sagt mein Vater, während er das Auto rückwärts in die Parkbucht lenkt. Seine Worte klingen, als sei die Art der Unterbringung ein Teil der ärztlichen Behandlung, eine Strafe für ihr Vergehen, für das exzessive Trinken. Als gesundete meine Mutter von selbst, als sei sie geläutert ob der kargen Umgebung und wüsste in der Folge den häuslichen Luxus schlagartig zu schätzen.

Die geschlossene Station ist im 3. Stock untergebracht. Als wir den Fahrstuhl betreten, blicke ich in ausdruckslose Gesichter. Neben mir steht eine Frau, etwa so alt wie meine Mutter. Ihr blondes, glattes Haar ist kantig geschnitten, es ragt bis zum Kinn und betont ihr rundes Gesicht. Sie riecht nach Kokos-Sonnenmilch. Offenbar konnte sie der Juli-

Sonne nicht widerstehen, ihr Dekolleté hat die Farbe meines T-Shirts. Sie schaut mir in die Augen. Ich spüre meine Verlegenheit und lenke meinen Blick auf die Wand. »Baujahr 1962, maximal 10 Personen«. Ich zähle. Wir sind zu acht. Als ich mir einbilde, dass die Menschen mich mitleidsvoll ansehen, öffnet sich die Fahrstuhltür.

»Auf dem Rückweg möchte ich die Treppe nehmen«, sage ich leise zu meinem Vater. Er schaut mich von der Seite an und schüttelt verständnislos mit dem Kopf.

Der Flur ist hell erleuchtet. Ich schaue nach oben und sehe Neonlampen, die von der Decke herabstrahlen. Als ich die Tür zur Station öffnen will, stoße ich auf einen Widerstand.

»So einfach ist das nicht«, sagt mein Vater. »Hier kommt man nicht einfach so herein. Wir müssen schellen.« Er drückt den Knopf. Dann warten wir.

Eine der Neonlampen hat einen Defekt. Sie flackert und macht dabei knackende Geräusche. Im Schein des flackernden Lichts sehe ich das Gesicht meines Vaters. Stumm starrt er durch die gläserne Stationstür, hinter der die Menschen auf und ab laufen, bis zum Ende des Flures und wieder zurück, immer wieder, langsam, wie ferngesteuert, roboterhaft. Mir fällt sein fahles Gesicht auf, mitten im Sommer. Als habe jemand eine dünne Wachsschicht darübergelegt.

Viele Jahre später werde ich es meiden, sein sterbendes Gesicht, ich werde meinen Vater sehen, letztmalig, angeschlossen an Maschinen, seine Haut rosig durchblutet, sein Körper am Leben, dank der modernen Medizin, und ich werde es mir vorwerfen, werde es bereuen, dass ich nicht die Kraft hatte, seinen toten Körper anzusehen, ihn zu berühren, bevor der Bestatter den Sargdeckel für immer geschlossen hat.

Ich denke an damals, als ich Kind war und die Einmachgläser aus dem Keller holen sollte. Es war still dort, es roch modrig, als seien die Kellerwände umgeben von feuchter Erde. Eine leichte Kühle umgab mich, als ich den schmalen Kellerflur entlanglief, bis zum Ende, an dem es dunkler und dunkler wurde, da einige der Lampen defekt waren. Ich spürte meine Angst und wollte umkehren, doch dann dachte ich an das laute Gelächter meiner Brüder, wäre ich ohne die Einmachgläser wieder in die Wohnung gekommen.

Durch die Glastür sehe ich eine Krankenschwester, die den langen Flur entlanggeht und auf uns zukommt. Ihre blonden, lockigen Haare sind zu einem Pferdeschwanz gebunden, der bei jedem Schritt von Seite zur Seite hüpft. Sie überholt all die Gestalten, die sich durch den Flur bewegen, als seien sie auf einer Bühne, als habe der Regisseur sie gebeten, wie von Sinnen auf und ab zu gehen und dabei so auszusehen, als seien sie von einem anderen Stern.

»Kommen Sie herein«, sagt sie freundlich und strahlt uns dabei an. Es ist mir ein Rätsel, wie sie an diesem Ort so gut gelaunt sein kann. Mein Vater nimmt meine Hand und geht gemeinsam mit mir durch die Tür. Ich würde seine Hand gerne loslassen, aber ich traue mich nicht. Eigentlich möchte ich allein durch die Tür gehen, aber ich möchte meinen Vater nicht enttäuschen. Er hält meine Hand fest und drückt sie dabei. Ich spüre seine Anspannung.

Die Krankenschwester geht vor, wir folgen ihr, vorbei an den schweigenden Menschen, Männern und Frauen, die mich nicht ansehen, die mit kleinen Schritten über den Flur zu schweben scheinen, gesichtslose Menschen, geschundene Seelen. Die zukünftige Zeit ist hierhergekommen, auf die geschlossene Station. All die schweigenden Menschen mit ihren starren Gesichtern, mit ihrer verlangsamten Gestik, sie werden niemals aufstehen wie Phönix aus der Asche.

Plötzlich kommt mir unsere Reise nach Italien in den Sinn, die wir im letzten Jahr unternommen haben. Vor meinem inneren Auge erscheint die Kapuzinergruft von Palermo. All die Toten, konserviert für die Ewigkeit, an den Wänden hängend, als würden sie aufrecht stehen, einige, teils skelettiert, scheinbar lächelnd. Das ausgehauchte Leben, der Spiegel der Vergänglichkeit. Der modrige Geruch, die feuchte Erde. Ich kann sie fühlen, meine Faszination, meine Begeisterung und ich sehe mich selbst, wie ich sie anschaue, all die Toten, einige von ihnen tragen noch Haare, und ich erinnere mich an meine Gedanken, an die Erkenntnis, dass sie einst gelebt haben, die Toten, so wie wir, dass sie geweint haben und laut gelacht, dass sie gegessen und getrunken haben, Kinder gezeugt. Hier, unter der Erde, lauerte der Tod, er war sichtbar, ich spürte seine verzehrende Energie. Und ich sehe meinen Vater, damals in der Kapuzinergruft, er war vorausgegangen, wie er nach etwa zehn Metern umdreht, mir entgegenkommt und sagt: »Ich warte draußen.«

Auf der geschlossenen Station gibt es für ihn kein Entkommen. Ich kann nicht wegschauen. Mein Vater beschleunigt seinen Gang, er möchte fort von diesem Ort, ich jedoch möchte das ungelebte Leben spüren, das Schweigen atmen. Meine Hände werden feucht. Sie ängstigen mich, die Gestalten, ihr trippelnder Gang, ihr starrer Blick. Ich möchte stehen bleiben und sie ansehen, ganz in Ruhe, doch mein Anstand verbietet es mir.

Als wir fast am Ende des Flures ankommen, biegt die Krankenschwester nach rechts in einen Raum ab. Wir folgen ihr.

»Schauen Sie mal«, sagt sie in Richtung meiner Mutter, »Sie haben Besuch!«

Meine Mutter reagiert nicht. Lächelnd und mit einem leichten Nicken verlässt die Schwester den Raum. Meine Mutter sitzt allein an einem großen, runden Tisch, ihre Hände liegen in ihrem Schoß. Starr blickt sie durch das geschlossene Fenster, die Sonne scheint ihr ins Gesicht. Sie trägt eine schwarze, enge Hose, außerdem ein apricotfarbenes T-Shirt. Beide Kleidungsstücke habe ich am Vortag flüchtig in eine Reisetasche gelegt.

Ich schaue mich um. Links von mir steht ein Fernseher. Er steht in einem Regal, das an der Vorderseite mit einer Glasscheibe verschlossen ist. Am Rand der Glasscheibe ist ein Vorhängeschloss angebracht. Die Fenster sind geschlossen. Fenstergriffe gibt es nicht. Es gibt nur den runden Tisch, er hat eine weiße Resopalplatte und dazu vier passende Stühle, ebenfalls weiß. Mein Vater setzt sich rechts von meiner Mutter an den Tisch, ich setze mich nach links.

»Wie geht es dir?«, fragt er in die Stille hinein.

Meine Mutter antwortet nicht, sie schweigt. Ich suche den Blick meines Vaters, doch er schaut meine Mutter an. Meine Mutter wiederum blickt geradeaus durch das Fenster. Ich frage mich, was sie dort sieht und wende meinen Kopf nach links. Im Garten der Klinik steht eine mächtige Buche, deren Blätter von einer sommerlichen Brise sanft hin und her bewegt werden. Eine Amsel und ein Rotkehlchen sitzen in den Zweigen. Ich kann nicht hören, ob die Vögel singen, da die Fenster geschlossen sind. »Fast wie zu Hause«, denke ich. Aber nur fast. Mein Blick wandert zu meiner Mutter. Ihre Augen hat sie leicht zusammengekniffen, damit die Sonne sie nicht zu sehr blendet. Ihre Lippen sind verengt zu kleinen Schlitzen. Das dunkle Haar liegt in leichten Wellen über ihrem rechten Auge, so wie gestern Morgen, im Garten.

Die Stille im Raum ist hörbar. Sie knistert leise wie ein Lagerfeuer, das kurz davor ist, zu verglühen. Da die Stille nicht gestört werden möchte, atme ich leise.

»Kann ich Sie bitte kurz sprechen?«

Ich bin dankbar, eine Stimme zu hören und drehe meinen Kopf. Im Türrahmen steht ein Mann, in seiner linken Hand hält er einen großen Schlüsselbund. Es baumeln bestimmt dreißig Schlüssel an diesem Bund, verschiedenartig in der Form, manche Schlüsselköpfe sind rund, andere eckig. Als ich mich frage, wie er sich wohl mit derart vielen Schlüsseln zurechtfindet, wie er wissen kann, welcher Schlüssel in welches Türschloss passt, steht mein Vater auf und geht zur Tür.

»Ich komme mit«, beschließe ich und schiebe meinen Stuhl nach hinten. Ich halte die Stille nicht mehr aus. Mein Vater sieht mich strafend an. Ich hätte fragen müssen, ob ich mitkommen darf. Es selbst zu beschließen, gehört sich nicht.

»Ich bin der behandelnde Psychologe Ihrer Frau.« Er steht noch immer im Türrahmen, als gebe es eine unsichtbare Grenze, die er nicht überschreiten darf.

»Kommen Sie gerne beide mit!«, ergänzt er, während er mich leicht anlächelt. Ich lächele zurück, mein Blick streift meinen Vater, der mich ernst ansieht.

Er geht mit uns zu einem gegenüberliegenden Raum, blickt kurz auf seine Schlüsselsammlung, lässt seine Finger durch das Bund gleiten, greift schließlich einen der Schlüssel – woher weiß er, dass es der richtige ist? – und schließt das Türschloss auf. Vor dem gekippten Fenster steht ein Schreibtisch aus hellem Holz, darauf liegen ein großer Notizblock mit kariertem Papier und ein Kugelschreiber. Er sieht sehr edel aus, er ist schwarz und glänzt. Am Rand des Tisches steht eine cremeweiße Porzellanvase mit sonnengelben Ringelblumen.

»Nehmen Sie bitte Platz«, sagt der Psychologe, während er auf zwei Stühle zeigt, die vor dem Schreibtisch stehen. Er selbst setzt sich auf die andere Seite des Tisches.

»Ihre Frau«, erwähnt er, währenddessen er den schwarzen Kugelschreiber in seine Hände nimmt,

»erhält momentan einige Medikamente. Deshalb wirkt sie ein wenig abwesend.«

Das Gesicht meines Vaters hellt sich etwas auf.

»Da bin ich beruhigt«, äußert er, »dass sie gar nicht spricht, ist schon sehr befremdlich.«

Die Beruhigung meines Vaters kann ich nicht empfinden. Ich fühle mich eher beunruhigt. Der Psychologe dreht den Kugelschreiber langsam zwischen seinen Fingern. Ich sehe auf seine schönen Hände. Er hat langgliedrige Finger, sonnengebräunt, seine Nägel sehen aus, als habe er sie mit einer Feile leicht abgerundet. Seine Hände sind ebenso schön wie die meines Freundes, aber etwas ist anders. Es sind seine Bewegungen, sie sind langsam, bedächtig. Es ist die Art, wie er spricht, wohlüberlegt, in seiner Stimme liegt eine sanfte Intonation. Er trägt ein himmelblaues Hemd, die oberen drei Knöpfe sind geöffnet. Ich kann nicht sehen, ob er ein Unterhemd trägt. Die Ärmel des Hemdes sind bis zur Mitte seiner Unterarme hochgekrempelt. Mein Vater krempelt die Ärmel seines Hemdes nur selten hoch. Wenn er es tut, sehe ich ihn gerne an. Ich bilde mir ein, dass sein Gesicht dann entspannter aussieht. Mein Blick wandert zwischen dem Psychologen und meinem Vater hin und her. Er fühlt sich sichtlich unwohl, mein Vater. Kerzengerade sitzt er auf dem Stuhl, die Füße hat er parallel zueinander auf dem Boden abgesetzt. Normalerweise sitzt er nicht auf dieser

Seite des Schreibtisches. Ich schaue an dem Psychologen vorbei in den Sommerhimmel und wieder zurück auf sein Hemd. Die Farben sind absolut identisch, mich durchfährt ein wohliges Gefühl. So fühlt es sich an, wenn mir im März die ersten Sonnenstrahlen ins Gesicht scheinen. Mein Vater trägt manchmal auch ein himmelblaues Hemd, dazu eine dunkelblaue Krawatte. Ohne Krawatte gefällt mir der Psychologe ausgezeichnet. Ich atme etwas tiefer ein, um zu testen, ob ich seinen Duft riechen kann, aber er sitzt zu weit von mir entfernt.

»Das Alkoholdelir«, unterbricht der Psychologe die kurze Gesprächspause, »tritt in der Regel nach jahrelangem, exzessivem Alkoholkonsum auf. Können Sie sagen, wie lange Ihre Frau schon Alkohol konsumiert?«

Ich habe Mitleid mit meinem Vater. Dieses Thema ist ihm peinlich, ich kann ihm förmlich ansehen, dass er lieber in seiner Firma wäre.

»Es sind sicherlich schon einige Jahre«, sagt mein Vater und schaut mich dabei von der Seite an.

»Bestimmt zwanzig Jahre, Papa«, äußere ich und lasse meinen Blick zum Psychologen wandern. Dieser räuspert sich kurz und fährt fort.

»Ihre Tochter hat mir gestern berichtet, dass Ihre Frau ein Orchester gehört hat. Dies ist einigermaßen ungewöhnlich. Normalerweise haben die Patienten lediglich optische Halluzinationen.«

»Sie hat sogar mitgesungen, die Schlussszene aus *Hänsel und Gretel*. Ich wusste nicht, dass sie eine so schöne Stimme hat!«, ergreife ich das Wort. Mein Vater muss innerlich toben vor Wut. Ich kann froh sein, dass ich diesem Gespräch überhaupt beiwohnen darf. Mich unaufgefordert zu Wort zu melden, ist ein Unding.

»Es ist ein wunderbares Märchen, leider häufig recht einseitig interpretiert«, sagt der Psychologe und sieht mir dabei in die Augen.

Ich verstehe nicht, was er meint, aber ich traue mich nicht, ihn zu fragen. Ich spüre, wie mein Vater neben mir etwas ungehalten wird.

»Wie geht es mit der Behandlung meiner Frau nun weiter? Wann kann sie entlassen werden?«, fragt er mit einem ungeduldigen Unterton.

»Zunächst behandeln wir das Delir. Ihre Frau bekommt Benzodiazepine, zusätzlich erhält sie weitere Medikamente im Rahmen des Alkoholentzugs. Wir müssen den Verlauf sehr genau beobachten, dies kann dauern. Unabhängig davon müsste ihre Frau zukünftig dringend psychotherapeutisch behandelt werden«, führt der Psychologe aus.

Mein armer Vater. Seine Überforderung kriecht langsam, aber stetig zu mir herüber. Gedanklich bin ich bei *Hänsel und Gretel*.

»Ich schlage vor, dass wir in der nächsten Woche erneut miteinander sprechen. Dann kann ich Ihnen weitere Auskünfte geben«, versucht der Psychologe eine sanfte Beendigung des Gesprächs.

Mein Vater steht von seinem Stuhl auf, hält ihm die Hand entgegen und sagt routiniert: »Ich danke Ihnen.« Dann verlässt er schweigend den Raum.

Als wir im Flur stehen, drückt der Psychologe auch meine Hand. »Komm doch in der nächsten Woche mit zum Gespräch«, lächelt er mich an. In den Augen meines Vaters kann ich sehen, dass er diese Einladung sehr unangemessen findet.

Wir gehen zurück in den Raum, in den die Krankenschwester uns vorhin geführt hatte. Meine Mutter sitzt noch immer am Tisch, ihre Hände liegen noch immer in ihrem Schoß. Die rechte Hälfte ihres Gesichts liegt nun im Schatten. Offenbar hat sie gar nicht bemerkt, dass wir fort waren. Als wäre es alternativlos, setzt mein Vater sich wieder an den runden Tisch. Ich spüre, dass ich unruhig werde. Und ich habe Durst.

»Ich hole mir etwas zu trinken«, sage ich in den Raum und gehe in Richtung des Flures, vorbei am Büro des Psychologen. Mein Blick fällt auf ein kleines Schild an der Wand mit der Aufschrift ›Teeküche‹. Als ich den Raum betrete, steht der Psychologe an einem Tischchen und gießt sich einen Kaffee ein. Kurz blickt er auf und lächelt mich an. Er nimmt die Kaffeetasse und setzt sie auf seine linke Hand. In der rechten Hand hält er einen

Löffel, mit dem er den Kaffee umrührt. Dass er die Tasse nicht am Henkel festhält, irritiert mich. Bei uns zu Hause wäre dies undenkbar. Eine Kaffeetasse hält man an dem dafür vorgesehenen Henkel. Ich blicke mich um. Seine Anwesenheit verunsichert mich, ich habe nicht damit gerechnet, ihn hier zu treffen. Ich habe Angst, dass er meine Unsicherheit bemerkt. Es kann gar nicht anders sein, schließlich ist er Psychologe. Mit den Augen suche ich ein Glas und eine Flasche Wasser. Als ich auf das Tischchen zugehe, bemerke ich seine Frisur. Seine Haare sind nicht gescheitelt, sie liegen quer über seinem Kopf. Er stellt den Löffel in die Tasse und streicht sich mit der rechten Hand eine Strähne aus dem Gesicht.

»Wusstest du«, sagt er wie aus dem Nichts, »dass Hänsel und Gretel von ihren Eltern gesucht wurden? Es war nicht gottgegeben, dass den Kindern plötzlich die Eltern begegnen.« Er setzt die Tasse an die Lippen und trinkt einen Schluck.

Ich weiß nicht, was ich antworten soll. Es war doch Gott, der das Schicksal von Hänsel und Gretel gewendet hat? »Wenn die Not aufs Höchste steigt, Gott der Herr die Hand uns reicht!« So heißt es doch am Ende der Oper? Wortlos stehe ich neben dem Tischchen und sehe ihn an. Es fühlt sich an, als habe jemand an meinem Kopf gerüttelt. So sehr, dass die Buchstaben heftig durcheinander wirbeln.

»Es gibt keinen Sinn per se. Die Dinge haben immer die Bedeutung, die wir ihnen beimessen«, fügt er hinzu und geht an mir vorbei. Als ich mich umdrehe, steht er an der Tür.

»Und durch unser Tun kreieren wir eine Bedeutung …«, sagt er noch, hebt kurz die Hand zum Abschied und verschwindet um die Ecke. Ich weiß nicht, was ich denken soll. Ich sehne mich nach der Stille in meinem Zimmer, nach dem Blick in unseren Garten, damit ich meine Gedanken sortieren kann. Mein Durstgefühl löst sich in Luft auf, gedankenverloren gehe ich zurück. Als mein Vater mich im Türrahmen stehen sieht, steht er auf.

»Lass uns gehen, ich habe noch einen wichtigen Termin«, sagt er, während er auf mich zukommt. Ich werfe noch einen kurzen Blick auf meine Mutter. Regungslos sitzt sie am Tisch und schaut starr geradeaus. In mir ist alles in Aufruhr, ich kann meinen eigenen Herzschlag hören.

Als sich die Tür des Fahrstuhls öffnet, bin ich froh, dass niemand zu sehen ist. Wortlos gehen mein Vater und ich zum Auto. Von der Seite schaue ich zu ihm herüber und sehe, dass er den Kopf gesenkt hält. Er denkt wohl auch nach, aber ich glaube nicht, dass wir das Gleiche denken. Als sich die Autotüren schließen, spüre ich die Stille. Es ist eine andere Stille als auf der geschlossenen Station, sie fühlt sich beschützend an. Und dann, während mein Vater sanft mit seiner rechten Hand über die hölzerne Verkleidung des Innenraumes fährt, als sei er verlegen, als wisse er nicht, ob er aussprechen soll, was ihm im Kopf umhergeht, sehe ich sein sanftes Lächeln. Es ist der Versuch einer Rettung, das Bemühen, das eigene Erleben begreifen zu können, bevor die Gefühle in die Tiefe fallen. Er sagt diesen Satz, den ich schon so häufig gehört habe, den ich lange nicht richtig verstanden habe und von dem ich nicht weiß, ob mein Vater die wahre Bedeutung jemals begriffen hat.

»Der Rest ist Schweigen.«

## GLANZ DER STILLE

Mein Vater steuert die schwarze Limousine durch den Stadtverkehr. Ich fühle mich umgeben von einer einnehmenden Stille, von einem Sog, der jede Energie in das Innere meines Körpers zieht, hinter die Wand.

Ich schaue aus dem Fenster und beobachte die Menschen.

Da ist die Mutter, die ihr kleines Kind auf den Arm nimmt und es sanft auf die Wange küsst, weil es weint.

Da ist das Pärchen, das eng umschlungen an der roten Ampel wartet, sie sieht verliebt aus – oder ist sie suchend?

Da ist die alte Frau, die mit gebückter Haltung über die Straße geht, langsam, sodass die Autos abbremsen müssen.

Aus dem Augenwinkel schaue ich zu meinem Vater. Den linken Arm hat er angewinkelt unterhalb der Fensterscheibe auf der Autotür abgelegt, eine betont legere Geste, raumeinnehmend, mit der linken Hand hält er das Lenkrad fest. Seine rechte Hand ruht auf dem Schalthebel. Die Sonne scheint auf seine goldenen Manschettenknöpfe und lässt sie glänzen. Manchmal, bei kleinen Bewegungen, funkeln sie sogar. Sowenig ihm die Distinguiertheit der eigenen Sprache gelang, sie fand ihren Ausdruck in derartigen Körperhaltungen, bewusst eingesetzt in der Annahme, dass der Beobachter sie wahrnimmt. Es gab weitere dieser Gesten, in der Gesamtheit Darstellungen des eigenen Selbst, gestalterische Äußerungen des Durchdringens, Symbole der männlichen Macht.

Die Art, wie er sich eine Zigarette anzündete. Er legte den Kopf dabei leicht in den Nacken, während er den Zigarettenrauch tief inhalierte, so tief, dass ich Sorge hatte, er würde vergessen zu atmen. Während er den Zigarettenrauch ausatmete, ließ er das Feuerzeug aus geringer Höhe auf den Tisch fallen. Er hätte es hinlegen können, ohne akustische Begleitung, die das Fallen verursacht hat.

Die Art, wie er die Beine übereinander legte. Dabei lehnte er sich stets zurück und verschränkte die Arme vor dem Körper. Ein körperlicher Ausdruck für den von ihm erwarteten Widerstand des Gegenübers, die ängstliche Antizipation der eigenen Verneinung.

Einmal, als ich durch den Flur ging, sah ich ihn durch einen geöffneten Türspalt. Er hatte gerade geduscht und war nackt. Ich hatte das Gefühl, als nehme ich ihn erstmals wahr als das, was er ist: ein Mensch. Ein Mensch, der den Blick freigibt auf den Körper, auf die äußere Begrenzung seiner selbst. Ein Anblick, der den Menschen zeigt, wie er ist. Die Offenbarung der Scham.

Vielleicht, so denke ich schlagartig, möchte ich mich deshalb so oft hinter meinem eigenen Körper verstecken. Aus Scham über das, was in mir ist.

Ich kann nicht weiter verschwinden als hinter mir selbst.

Die Bedeutung der Dinge ...

All diese Bilder, all die Erinnerungen, sie sind Teil eines Entwurfs, geboren aus der Freiheit, in ihrer subjektiven Bedeutsamkeit ein wesentlicher Bestandteil des konstruierten Sinns. Wie fühlt es sich an, wenn das gefühlte Ich sich auflöst? Kann ich es erfassen, dass jedes Loslassen im Laufe meines Lebens nur eine Übung ist? Eine Übung für mein eigenes Sterben. Sosehr sie sich auch in mein Gedächtnis eingebrannt haben, all die Bilder, all die Erinnerungen, sie werden eines Tages in der Bedeutungslosigkeit verschwinden.

Als ich die Tür aufschließe, steht unsere Haushälterin im Flur.

»Mein Schätzchen, wie schön, dass wir uns noch sehen!«, sagt sie mit freudig erregter Stimme. Für die nächsten drei Wochen wird sie im Urlaub sein, sie fliegt nach Mallorca, gemeinsam mit ihrem Mann, All-Inclusive.

»Jeden Tag bedient werden und am Strand liegen, ist das nicht toll?«, sagt sie, während sie mit dem Staubwedel im Wohnzimmer verschwindet. Ich kann ihre Begeisterung nicht nachempfinden.

Eigentlich wollten wir auch in den Urlaub fahren, in die Schweiz, zum Vierwaldstättersee. Dort wollten wir den Rigi erkunden. Daraus wird jetzt erst mal nichts. Ich folge ihr durch die Flügeltüren ins Wohnzimmer.

»Geht es deiner Mutter schon besser? Im Urlaub wird sie sich so richtig erholen können«, ruft sie, während sie mit dem Staubwedel über den Kaminsims fährt, vorbei an den gerahmten Schwarz-Weiß-Bildern meiner Großeltern, den Eltern meines Vaters. Mit einem Mal habe ich das Gefühl, als nehme ich die Fotos erstmals wahr, obwohl ich sie schon so lange kenne – die Furchen um die Münder, die Glanzlosigkeit der Augen. Die Gewissheit, dass es nichts zu erwarten gibt.

Ich spüre, dass ich eigentlich nicht sprechen möchte. In mir ist es still.

»Die Ruhe in den Bergen wird ihr guttun«, sage ich lediglich zu ihr. Ich beobachte ihre eiligen Bewegungen, getrieben von der Vorfreude auf den Urlaub. Sie steckt den Staubwedel in ihre Schürze und geht auf die Kommode zu, die neben dem Kamin an der Wand steht. Dort liegen die letzten Ausgaben der *ZEIT*. Mein Vater hatte sie gebeten, stets die letzten drei Zeitungen zu verwahren. Er hatte lediglich sonntags etwas Zeit zum Lesen. Da seine Zeit knapp bemessen war, las er selektiv.

Konzentriert richtet sie die Zeitungen auf der Kommode leicht auf, um die Ränder glätten zu können.

»Warum erscheint diese Zeitung eigentlich nur ein Mal in der Woche? Normalerweise gibt es doch täglich eine Neue?«, fragt sie mich, während sie die Ausgaben nach dem Datum des Erscheinens sortiert.

Da spüre ich erneut ihre Unbedarftheit und sehe, wie sie alles noch schön herrichtet, bevor sie drei Wochen lang nicht kommen wird.

»Es gibt Dinge, die einen Tag überdauern«, höre ich mich sagen, während sie mich mit ihren großen Augen ansieht und mit der rechten Hand über die Zeitungen fährt. Es ist eine Geste der Zufriedenheit, dass sie nun alles so hinterlassen wird, wie es sein soll, dass zunächst alle Aufgaben erledigt sind.

»Bis in drei Wochen, mein Schätzchen! Ich muss los, sonst verpasse ich den Bus!«, ruft sie mir zu und verstaut dabei die Schürze in ihrer Handtasche. Ich schaue ihr noch nach, sehe, wie sie mit großen Schritten den Hang hinab geht, voller Vorfreude auf den sonnigen Strand und das reich gedeckte Frühstücksbuffet.

Im Wohnzimmer ist es still um mich herum, ich kann lediglich das Ticken der Wanduhr hören. Es ist ein mahnendes Ticken, so laut, dass ich nicht weghören kann. Das Ticken meiner Armbanduhr ist leiser. Ich höre es nur, wenn ich mein Handgelenk ans Ohr halte. Als ich das schwungvolle Knarzen der Flügeltüren höre, drehe ich mich um. Mein jüngerer Bruder steht dort und schaut mich an. Sein Gesicht sieht müde aus, als sei er gerade erst aufgestanden. Sein blondes Haar hat er mit etwas Gel so geformt, dass es vom Kopf absteht.

»Wie geht es Mama?«, erkundigt er sich.

Ich überlege kurz, was ich antworten soll, da ich gar nicht weiß, wie es ihr geht. Sie spricht doch nicht und würde sie sprechen, wüsste ich es dennoch nicht.

»Schwer zu sagen, die Behandlung hat gerade erst begonnen. Sie ist dort in guten Händen«, antworte ich. Ich sage ihm nicht, dass die geschlossene Station die Menschen vor sich selbst schützt.

»Was essen wir heute eigentlich?«, unterbricht er meine Gedanken. Seine Frage ist berechtigt, ich habe sie mir bisher nicht gestellt. Als ich merke, dass ich keine Antwort auf seine Frage habe, fühle ich mich hilflos. Es ist diese besondere Form der Hilflosigkeit, die geboren ist aus dem Gefühl, verantwortlich zu sein.

»Ich weiß nicht … wir können mal in der Küche nachsehen, was es so gibt.« Mit meiner Antwort bin ich nicht zufrieden.

»Lass uns Nudeln mit Ketchup kochen«, sagt er und ich spüre mit einem Mal, dass er mir leidtut, ich spüre das Kindliche in ihm, fühle seinen Hunger und mir wird klar, dass es ihm lediglich darum geht, satt zu werden. Als ich sehe, wie er das Besteck zum Tisch trägt, wie er mithilft, dass das Leben weitergeht, ist mir zum Weinen zumute.

Ich verteile die Nudeln auf zwei Teller und stelle sie auf den Tisch. Mein Bruder greift nach der Ketchupflasche, schüttelt sie kurz, stellt sie auf den Kopf und hält sie über seinen Teller. Er lächelt schelmisch, während er den Ketchup auf die Nudeln laufen lässt, mehr, immer mehr, bis sie nicht mehr zu sehen sind. Ich bin froh, dass mein Vater nicht am Tisch sitzt. Er würde ein derartiges Verhalten nicht dulden.

»Du isst Ketchup mit Nudeln«, sage ich zu ihm. Ich muss lächeln, ich spüre seine kindliche Freude, wir sehen uns an und für einen kurzen Moment ist es da, das Gefühl der Verbundenheit, des Verwobenseins, und zugleich weiß ich, dass wir nicht entkommen können, dass das Leben von uns fordert, mitzuspielen, da es nur vorwärtsgeht, das Leben. Ich bemerke, dass er etwas sagen möchte, doch zunächst kaut er zu Ende. Wir haben gelernt, dass man mit vollem Mund nicht spricht.

»Wusstest du«, fragt er mich, »dass man zum Programmieren nur zwei Ziffern benötigt? Null und Eins, die Eins steht für Wahr, die Null für Falsch.«

Die Verbundenheit ist ein flüchtiges sowie ein momenthaftes Gefühl. Kaum spüre ich sie, ist sie bereits wieder dabei, sich zu verabschieden. Ich könnte ihm erzählen, dass ich mich mit der Bedeutung der Dinge beschäftige, mit der Frage, wann und unter welchen Umständen die Dinge für mich eine Bedeutung erlangen. Er würde mich vielleicht fragen, von welchen Dingen ich überhaupt spreche und warum mich die Bedeutung interessiert, wenn es am Ende die Logik ist, die für eine Erklärung sorgt. Spätestens an dieser Stelle wären mein Bruder und ich uneins. Ich bin mir nicht sicher, ob ich ihm diese Sicht auf das Leben neiden soll, auf ein Leben, das sich programmieren lässt, auf ein Leben, das mit einfachen Wahrheiten auskommt. Wahr oder falsch.

Für den Moment waren wir satt. Jedoch lagen weitere Wochen vor uns, die organisiert werden mussten. Es war nicht klar, wie lange meine Mutter in der Klinik sein würde. Während ich darüber nachdachte, dass wir nicht täglich Nudeln mit Ketchup oder Ketchup mit Nudeln essen können, hatte mein Vater das Problem bereits gelöst. Meine älteste Schwester sollte für die nächsten Wochen bei uns einziehen, somit wäre für alles gesorgt. Sie beherrschte all die Dinge, die mit der Versorgung anderer Menschen einhergehen. Kochen, Waschen, Putzen, gegebenenfalls Bügeln. Meine Schwester tobte. Lautstark beschwerte sie sich über meinen Vater, stets in seiner Abwesenheit. Er führe sich auf wie ein Patriarch, er bestimme über andere Menschen, in diesem Fall über sie, er könne sich nicht vorstellen, wie sie sich fühlt. Bei all ihrer Kritik, die ich berechtigt fand, war es wie mit zwei ungleichen Magnetpolen, die gar nicht anders können, als einander anzuziehen. Je mehr sie sich aufregte, desto sicherer konnte ich sein, dass sie ihre Reisetasche schon gepackt hatte.

Die nach innen gerichtete Revolte ist eine Form der Selbstaufgabe, eine Energie, die wie der Süchtige ewig um sich selbst kreist, eine Kraft, die sich selbst zum Stillstand zwingt. Ein nach innen revoltierender Mensch spürt die Bedürfnisse und Wünsche des Anderen, wenngleich sie unausgesprochen bleiben. Seine eigenen Bedürfnisse spürt er hingegen nicht. Er ist nicht in der Lage, sich aufzulehnen und er wird es niemals sagen, dieses eine Wort, das keiner Rechtfertigung bedarf: Nein.

In der Nacht vor dem vereinbarten Gesprächstermin mit dem Psychologen kann ich nicht schlafen. Ich sitze in meinem Zimmer am geöffneten Fenster und schaue in den Sternenhimmel. Aus dem Garten dringt das Zirpen der Grillen zu mir hinauf. Ich bin umgeben von der Dunkelheit, die sich beschützend über meinen Körper legt. Die Nacht ist klar, ich kann den Großen Wagen am Himmel optimal erkennen. In meinem Physikbuch habe ich gelesen, dass die Sterne dieses Sternbildes achtzig Lichtjahre von der Erde entfernt sind. Wenn ein Lichtjahr einer Entfernung von 9,46 Billionen Kilometern entspricht, dann ist der Große Wagen 756,8 Billionen Kilometer von uns entfernt. Das Sternenlicht, das ich sehe, hat die Sterne vor achtzig Jahren verlassen. Das, was ich sehe, ist der Glanz der Vergangenheit. Ich denke nach. Ich versuche, die Bedeutung zu erfassen, versuche, zu verstehen, versuche, mir ein Bild zu machen, doch es gelingt mir nicht. Und während ich nach oben sehe, in die Dunkelheit, werde ich der Begrenzung meines Geistes gewahr. Ich schließe meine Augen. Der Glanz der Sterne verweilt, ich kann ihn fühlen. Da taucht das Gesicht meiner Mutter auf, ich sehe in ihre Augen, ich kann spüren, wie weit sie von mir entfernt sind. Das, was ich sehe, ist der Glanz der Vergangenheit.

Ich erlebe einen Moment des Erkennens. Wie ein Vogel, der sich vom Wind tragen lässt, spüre ich das schwarze Tuch auf meinen Schultern, wie es sich leise und behutsam erhebt. Ein süßer Schmerz ergreift mich, ein Schmerz, der mein Verstehen sanft vereint mit dem, was ich schon lange spüre.

Ich bin der Ausgangspunkt meiner Entwicklung, ich werde das Subjekt sein, das ich selbst gestalte. Das Bedeutsame hat seinen Ursprung in der Stille.

## STILLE. BEDEUTUNG. ESSENZ.

Wenn verschiedene Entitäten in einer Beziehung zueinander stehen, nicht im Sinne einer Hierarchie, eher im Sinne einer systemischen Ordnung, wenn sie sich gegenseitig beeinflussen, verstärken oder sogar wiederum eigene Entitäten erzeugen können, dann ist es denkbar, dass das, was wir als Essenz verstehen, wandelbar, veränderbar ist. Demnach kann ein Subjekt sich nicht nur selbst wandeln, vielmehr kann es darüber entscheiden, wie es Essenz kreiert, mehr noch, welche Essenzen von subjektiver Bedeutsamkeit sind.

Mit der Erbsünde denkt man es sich anders, bis heute hat sich nichts daran geändert. Dies ist verwunderlich, da ich meine, dass wir es längst besser wissen müssten. Ich kann es nicht verstehen, dass es Menschen gibt, die sich einreden lassen, sie seien an etwas schuld, das sie nicht zu verantworten haben. Die bereitwillig in dieser Schuld leben, sodass sie mitunter den Wunsch haben, von dieser Welt zu gehen. Und darüber schweigen. Die Erbsünde gehe der Existenz voraus, sie sei eine Essenz, heißt es, eine Repräsentation des Ewigen, des universal Gültigen, ein unsichtbares und unabänderliches Faktum. Ich stelle mir die Erbsünde wie einen November-Nebel vor, der in den Köpfen der Menschen umherwabert, grau, zäh, ewig. Eine klebrige Masse, die, je länger sie existiert, nicht mehr zu entfernen ist, da sie sich verwoben hat mit allem, was sie umgibt. Wie ein unterirdisches Pilzgeflecht, das über der Erde nicht sichtbar ist. Zu sagen, wo der Anfang von etwas ist und wo das Ende, ist schwierig, genauer gesagt unmöglich. So wird es immer bleiben. Alle wissen, dass es dieses Geflecht unter der Erde gibt, aber niemand spricht darüber.

Dies gilt ebenso für das Schweigen. Worüber geschwiegen wird und wie lange schon, kann nicht gesagt werden. Allein das Eingeständnis, dass geschwiegen wird, könnte das Schweigen brechen. Aber es ist das Wesen des Schweigens, dass es mächtig ist. Je länger etwas nicht gesagt wird, desto mächtiger wird es. So war es das Schweigen, das Schweigen über die Erbsünde, das mir meine Schuld bedeutete. Der Inhalt war zugleich die Methode.

Was ist eine Lüge? Ein Mensch kann die Unwahrheit sagen, wenn er spricht. Er kann jedoch auch die Unwahrheit sagen, wenn er nicht spricht.
Die Sucht ist bereits eine Lüge an sich, da man das, was man sucht in der Sucht, niemals finden wird; im Rausch, in der Enthemmung, in dem Gefühl, ohne Angst zu sein und ohne die eigene Minderwertigkeit, in dem Gefühl, für eine gewisse

Zeit nicht mit dem eigenen Körper verwachsen zu sein, ihn verlassen zu können, was ohne den Rausch nicht möglich ist, bis zum Tode nicht, vielmehr gerät man mit jedem Rausch mehr und mehr in diesen Strudel der eigenen Entwertung, des Verfalls der Würde, der maximalen Steigerung der eigenen Scham, sodass man immer mehr braucht von diesem Gift, von der Betäubung, und am Ende wird man nicht mehr wissen, welcher Mensch man mal gewesen ist und welcher Mensch man noch sein wollte, bevor alles begann.

Und dann gibt es noch ein anderes Schweigen, ein Schweigen, das analog ist zum Konsum des süchtigen Menschen. Ein Schweigen, resultierend aus der Inhalation all der nicht gesagten Sätze, die im Laufe der Jahre im Kopf eine eigene Geschichte formen. Ein Ergebnis der fehlenden Resonanz, der fehlenden Berührung des eigenen Körpers, der fehlenden Vergewisserung, dass man existiert, des Übersehen-Werdens, obwohl man in der Welt ist, obwohl man sich in ihr bewegt, obwohl man das hat, was ein süchtiger Mensch fürchten muss: Einen klaren und wachen Blick. Einen Blick, der all das sieht, was der Trinker nicht sehen will, was er fürchtet, was er auslöschen will, was er verbannen will in die Untiefen der eigenen Seele.

Es ist ein Schweigen, das sich anfühlt wie ein Verhungern, obwohl man Nahrung zu sich nimmt, genug, jeden Tag, obwohl man teilnimmt an diesem Leben, freundlich ist mit den Menschen, die gängigen Gepflogenheiten beherrscht, lächelt, obwohl man schreien möchte, weil man innerlich zu ersticken droht, weil man sich nicht spürt, weil man sich zwar artikulieren, sich jedoch nicht mitteilen kann, weil man ahnt, dass es noch mehr geben muss, andere Gefühle, vielleicht schönere, leichtere, unbeschwertere, weil es nicht sein kann, dass sich das Leben immer gleich anfühlt – schwer und müde.

Wann aus meiner Ahnung eine Gewissheit wurde, kann ich nicht genau sagen. Vielleicht war es ein Moment, in dem das Schweigen emporstieg, ein Moment, in dem ich spürte, dass es sich anfühlt wie lebendig begraben, weil die eigene Wut mich zum Stillstand zwingt, sofern ich sie nicht äußere. Es gibt nicht diesen einen Moment, in dem das Schweigen gebrochen wird. Im Rückblick lässt sich immer eine Anbahnung, eine Entstehungsgeschichte erkennen. So ist es mit allen bedeutsamen Dingen im Leben.


Es macht einen Unterschied, ob man nach innen revoltiert oder nach außen. Wie es überhaupt einen Unterschied macht, was innen ist und was außen. Ich sollte noch lernen, dass das Innere nicht zwingend eine Entsprechung im Äußeren haben muss, so wie das Äußere nicht automatisch Rückschlüsse auf das Innere zulässt. In dieser Hinsicht war ich wie ein kleines Kind, das man vollkommen unvorbereitet in dieser Welt platziert und das versucht, auf irgendeine Art ein Gefühl der Kohärenz herzustellen, koste es, was es wolle, mit dem Preis, gehemmt zu werden und zu sein, weil ich nicht sicher gehen konnte, dass mein Inneres da draußen irgendwo eine Entsprechung finden würde. Das ist bis heute nicht anders. Wenn man mich fragen würde, was das Schlimmste ist, sofern sich das überhaupt sagen lässt, dann ist es mein Gefühl der Verlorenheit, des Umherirrens, weil es mir fehlt, das Gefühl, verstanden zu werden, beantwortet zu werden und ich mir nicht sicher bin, ob es eventuell an mir liegt, weil ich mich nicht verständlich machen kann oder ob es mitunter auch daran liegt, dass die Menschen um mich herum es anstrengend finden, wenn jemand wie ich viele Fragen hat an das, was wir die Wirklichkeit nennen und an das Leben an sich. Von den vielen vermeintlichen Gewissheiten, die von außen an mich herangetragen werden, fühle ich mich schnell überfordert. Es erschließt sich mir nicht, dass es für alles eine Antwort geben soll. Ich kann es nicht empfinden. Ich habe mehr Fragen als Antworten. Und ich mag es, Fragen zu stellen. So wie das Schweigen das Schweigen evoziert, evozieren Fragen weitergehende Fragen. Und Fragen zu stellen, erlebe ich als Ausdruck für Lebendigkeit. Für eine innere Lebendigkeit.

Auf der Ebene des Körpers ist es das Gefühl, zu wenig berührt worden zu sein, nicht gehalten worden zu sein, sodass es immer da ist, das Gefühl eines Defizits mit dem gleichzeitigen Bedürfnis, gestreichelt zu werden, diesen zarten Reiz auf meiner Haut zu spüren, ich könnte süchtig werden danach, wahrscheinlich hat die Sehnsucht des Süchtigen den gleichen Ursprung. Und auch in dieser Hinsicht fällt es mir schwer, mich verständlich zu machen, da körperliche Berührungen zwischen Erwachsenen nicht das Gleiche sind, wie wenn man ein Kind in seinen Armen hält, es wiegt und streichelt, sondern weil jedes Streicheln ab einem gewissen Punkt nach mehr verlangt, da es sexuelle Lust provoziert. Manchmal jedoch möchte ich einfach nur gehalten werden, möchte die Hände eines Anderen auf meiner nackten Haut spüren, möchte es genießen, berührt zu werden, möchte das Schweigen genießen, das um uns ist, da es auch dies gibt: übereinstimmende Momente des gemeinsamen Schweigens. Es ist schwer für mich, dies verständlich zu machen, ohne mich selbst als defizitär zu charakterisieren, ohne Gefahr zu laufen, als asexuelles Wesen gesehen zu werden, was ich nicht bin. Vielleicht gibt es Menschen, die ebenso empfinden. Aber niemand spricht darüber.

Streicheln und Lesen verhalten sich bis zu einem gewissen Punkt analog zueinander. Während des Lesens möchte ich diesen Zustand, das Lesen an sich, gerne konservieren, möchte mit meinen Gedanken in den Zeilen stehen bleiben, obwohl ich weiß, dass der Moment kommen wird, in dem ich die letzte Zeile gelesen haben werde. Und dann ergreift mich die Wehmut, weil es ein Genuss war, das Buch zu lesen, und ich spüre meinen Wunsch, das Buch erneut zu lesen, obwohl ich weiß, dass ich es dann anders lesen würde, da ich nicht hinter eine gewonnene Erkenntnis zurücktreten kann, ich würde mich an prägnante Stellen erinnern, würde langsam lesen, mich erfreuen an der Sprache und das Gefühl genießen, das sich anfühlt wie ein behutsames Streicheln meiner Haut.

Gestreichelt zu werden, erlebe ich als ein begrenzendes Gefühl. Es geschieht langsam, mit wiederkehrenden Bewegungen, es gibt mir Sicherheit. Und Kontrolle. Sexuelle Ekstase erlebe ich genau andersherum. Ich spüre ihn, diesen Sog, der mich in den Kontrollverlust zieht, ich spüre den Anderen, wie er sich verliert in den Grenzen des eigenen Bewusstseins. Es gefällt mir, den Anderen zu beobachten, wie er die Kontrolle verliert, langsam, aber stetig, mit einem klar definierten Ende. Ich provoziere seinen Kontrollverlust und habe Spaß daran. Und ich empfinde Lust. Klar verteilte Rollen. Und ein Instrumentarium der Macht.

Einer der Männer, er war deutlich älter als ich, wie alle Männer, da die Gleichaltrigen mich langweilten, da ich nicht wusste, worüber ich mit Gleichaltrigen sprechen sollte, sagte mal zu mir, während mein Kopf auf seiner Brust ruhte und ich seinen Herzschlag hören konnte und ich mich mit einem Mal wunderte über das Herz eines Menschen, dass es schlägt, permanent, ein Leben lang, bis zum Tod, und ich mich noch mehr darüber wunderte, dass wir dies nicht hinterfragen, dass es uns erst auffällt, wenn wir den Fokus darauf legen, er wäre süchtig danach, von mir verführt zu werden, er habe ein starkes Verlangen nach dieser äußeren kindlichen Unbedarftheit, obwohl er wisse, dass es noch etwas anderes gibt als diese Unbedarftheit, etwas, das verborgen ist, da das Äußere nicht dem Inneren entspricht. Genau das errege ihn, sagte er. Er sagte es mit diesem Unterton, mit dieser tiefgreifenden Bedürftigkeit, die nahtlos übergeht in eine sich verlierende, sexuelle Lust, in eine Lust, die immer mehr will, die sich aus sich selbst heraus vermehrt. Er richtete mich auf und hielt mein kindliches Gesicht in seinen schönen Händen, dabei streichelte er mit seinem Daumen über meine Wange. Ich fragte ihn, ob er es genau so meine, wie er es gesagt habe. Er verstand mich nicht. Ob es ihn errege, dass das Äußere nicht dem Inneren entspricht, oder ob die Erregung daher komme, weil das Innere nicht dem Äußeren entspricht, fragte ich ihn konkreter. Er lächelte mich an, und in seinen dunklen Augen sah ich sie, seine Erregung.

»Ich meine es genau so, wie ich es gesagt habe«, flüsterte er und strich mir meine Haare aus dem Gesicht.

Es machte einen bedeutsamen Unterschied. Das Äußere zu sehen und dabei höchstens zu ahnen, dass es noch mehr gibt, ein Geheimnis zu spüren, etwas Verborgenes, das davon lebt, dass es versteckt bleibt, diesen Reiz zu spüren, der in die Erregung führt, darum ging es ihm. Ich sagte ihm nicht, wie ich es erlebe. Dass ich das Äußere wahrnehme, das Schöne, etwa seine Hände, die ästhetischen Formen, die Farben in all ihren Schattierungen, die verschiedenen Gerüche und die Bilder, die in meinem Kopf auftauchen, wenn ich die Augen schließe und dass mich all dies zu dem führt, was hinter den Dingen steht, was die Dinge bedeuten, was ich mit den Dingen assoziiere, dass ich meine Sehnsucht spüre, die Sehnsucht nach dem Leben, dass ich spüre, wie die äußeren Dinge und meine inneren Bilder ineinander fließen und dass dies bei mir eine Erregung auslöst. Eine geistige Erregung, die allzu häufig in eine körperliche Erregung führt.

Es war ein Spiel mit den Rollen. Und ich spielte mit. Das süße Kind, das den Menschen um sich herum den Kopf verdreht, die personifizierte Unbedarftheit, die konservierte Nicht-Entwicklung, die es den Menschen ermöglicht, ohne Erkenntnis zu leben, versunken in die ewige Schuld, zurückgeführt auf das immer Gleiche, dieser Spiegel in den Augen der Anderen, das sollte ich sein.

## DER SMARAGDBLAUE WILLE

Mit der Stille verhält es sich kompliziert. Die äußere Stille, die mich umgab, sie hatte den Charakter des ewig Gleichen, da alles gleichgültig war, unterschiedslos. Und doch habe ich die Stille situativ verschieden empfunden. Es waren vermeintliche Kleinigkeiten, die meine Empfindung bestimmten. Der Geruch um mich herum. Das Licht, das durch das Fenster schien, ob es sonnig war oder bewölkt. Das Gefühl der Wand in meinem Inneren, ihr Status, ob sie noch leicht geöffnet war oder bereits fest verschlossen. Es gab die bedrängende Stille. Die erdrückende Stille. Die erstickende Stille.

Die Stille in mir, die nur mir zugänglich ist, ist eine andere Stille. Sie ist ein großer, weiter Raum. Er öffnet sich, wenn ich in die Ferne schaue oder in den Himmel. Oder in mich hinein. Wenn die Stille farbig wäre, dann wäre sie smaragdblau. Ich kann die Stille fühlen, sie ist leicht kühl auf meiner Haut, wie ein Hauch, wie ein Streicheln. Mit jedem Hauch, den ich spüre, wird es in mir ruhiger und ruhiger.

Sprache ist Bedeutung, Sprache schafft Bedeutung und Erkenntnis. Wenn, wie Wittgenstein sagt, die Grenzen der eigenen Sprache die Grenzen der eigenen Welt bedeuten[14], wenn das Denkbare das

Sagbare ist, so könnte man annehmen, dass jedes Schweigen das Ende einer jeden Erkenntnis bedeutet. Vielleicht gibt es ein Schweigen, das eine nachfolgende Erkenntnis erst ermöglicht. Ein Schweigen, das Sinn macht, da es einen Sinn erzeugt, ein Innehalten, da sie plötzlich vor dem inneren Auge erscheint, diese Trennung, die Unterscheidung dessen, was hätte sein können, jedoch schlicht nicht war – es ist sinnvoll, dies zu akzeptieren, da es wahr ist. Die Erkenntnis, dass es etwas geben kann, was bis jetzt nicht existiert. Und vielleicht entsteht aus dieser Art des Schweigens, aus dem sinnhaften Schweigen, das die Fähigkeit hat, den Geist zu beruhigen, ein zaghaftes Gefühl der Verbundenheit, eine nach außen gerichtete Lebendigkeit, da das, was ich lange Zeit für unsagbar gehalten habe, doch noch sagbar sein wird. Das Schweigen in mir ist lauter als jedes Schweigen, das ich bisher vernommen habe.

In der Nacht träume ich, dass ich als Kind mit meinem Vater am Grab meiner Mutter stehe. Es ist kühl, ich trage eine bordeauxfarbene Wollmütze, unter der meine dunklen Haare hervorgucken. Der Wind weht sie seitlich über mein Gesicht. Mein Vater bückt sich zu mir hinunter, streicht mir sanft die Haare zur Seite und steckt sie unter die Mütze. »Jetzt kannst du wieder etwas sehen«, sagt er, küsst mich auf die Wange und lächelt mich dabei an. Buntes Herbstlaub wirbelt im Wind hin und her und dreht auf dem Boden kleine Kreise. Ich bücke mich und hebe ein Ahornblatt auf. Es ist groß, größer als die Hand meines Vaters und leuchtet hellgelb, an den Rändern geht die Farbe in ein kräftiges Rot über. Ich halte das Blatt gegen die tief stehende Sonne und streiche mit meinem Zeigefinger über die einzelnen Blattadern. Die Farben erscheinen noch intensiver. Das Gelb hat die Farbe der Sonne, das Rot sieht aus wie frisches Blut. Die Oberfläche des Blattes fühlt sich glatt und kühl an.

»Papa, schau!«, sage ich und strecke ihm das Blatt entgegen. Ich sehe zu ihm hinauf. Mit gesenktem Kopf steht er am Fuße des Grabes und starrt auf die dunkle Erde. Er nimmt meine Hand. Und schweigt.

Als ich wach werde, höre ich mich weinen. Mit dem Zipfel meines Kopfkissens wische ich mir die Tränen aus dem Gesicht. Aus der Küche kommen klappernde Geräusche. Jemand deckt den Tisch. Flüchtig ziehe ich mein Sweatshirt über den Pyjama, binde mir die Haare mit einer Klammer zusammen und gehe die Treppe hinunter. Auf der Herdplatte steht ein kleines Töpfchen, darin kochen drei Eier. Die weiße Porzellankanne steht auf der Arbeitsplatte, der Kaffee ist bereits frisch aufgebrüht. Aus dem Toaster springen zwei Scheiben Brot. Der Radiosender spielt *Freiheit* von

Marius Müller-Westernhagen[15]. Es ist die Live-Version. Als meine Schwester mich sieht, streckt sie die Arme aus.

»Guten Morgen, meine Süße! Hast du gut geschlafen?« Sie nimmt mich in den Arm und küsst mich auf die Haare. Sie kocht meinem Bruder und mir warmen Kakao, bedeckt mit geschlagener Sahne. Sie backt uns im Ofen Croissants auf. Sie kauft uns Nuss-Nougat-Creme. Meine Mutter kauft sie nie. Sie verursache Karies, sagt sie.

Ich sauge sie auf, die Fürsorge, ich möchte die Zeit anhalten, ich nehme mir vor, mir das Gefühl zu merken, das das Kümmern bei mir hervorruft, damit ich es für immer abrufen kann. Es gelingt mir leider nicht, weil mein Kopf das Wort zwar speichert – Kümmern bedeutet, sich um jemanden zu sorgen –, mein Körper sich jedoch keinerlei Empfindung dazu merken kann. Stattdessen empfinde ich Mitleid, weil ich weiß, dass meine Schwester ihr eigenes Leben leben will. Und ich habe ein schlechtes Gewissen.

Mein jüngerer Bruder sitzt schon am Tisch, vor ihm steht die Tasse mit warmem Kakao. Er schaut meiner Schwester und mir zu, wie wir den Kaffee und die gekochten Eier zum Tisch bringen.

»Fährst du heute auch mit in die Klinik?«, fragt meine Schwester und schaut meinen Bruder dabei an.

»Ich? Nein. Ich muss am Computer noch ein Problem lösen«, antwortet er, bevor er die Tasse mit der rechten Hand am Henkel fasst, sie zu den Lippen führt und den warmen Kakao trinkt. Die Schlagsahne legt sich in einer sanft geschwungenen Linie auf seine Oberlippe.

»Der Kakao ist lecker«, sagt er und lächelt meine Schwester dabei an.

Wie ich ihn da sitzen sehe, in seinem dunkelblauen Pyjama, die blonden Haare ungekämmt, in der rechten Hand die Tasse, obwohl es einfacher wäre, die Tasse mit beiden Händen anzufassen, steigen mir wieder die Tränen in die Augen.

Für einen kurzen Moment ist es still. Ich höre nur das Radio.


»Alle die von Freiheit träumen
sollen's Feiern nicht versäumen
sollen tanzen auch auf Gräbern

Freiheit, Freiheit
ist das Einzige, was zählt.«


Ich würde gerne von meinem nächtlichen Traum erzählen, aber ich traue mich nicht. Ohnehin wüsste ich nicht, wie ich den Inhalt wiedergeben sollte. Da ist mein Gefühl, dass die Schönheit der Farben und Formen eine große Bedeutung hat. Mein Gefühl, dass mein Vater eine sehr große Last trägt. Mein Gefühl, dass die Worte in mir ersticken. Mein Gefühl, dass ich mehr will als immer nur diese Last.

Damals wusste ich noch nicht, dass mir dieser Traum in Erinnerung bleiben würde, die Farben, das Licht, mein trauriger Vater, die Schwere, mein Gefühl der Bewegungslosigkeit, meine Sehnsucht.

»Papa kommt gegen Mittag, um fünfzehn Uhr wollen wir los«, reißt meine Schwester mich aus meinen Gedanken.

»Ja, ich weiß. Ich fahre mit euch«, sage ich, während ich mir eine große Portion Nuss-Nougat-Creme auf das Croissant schmiere.

»Wieso ist das Glas mit der Nuss-Nougat-Creme eigentlich schon so leer?«, fragt meine Schwester. »Ich habe es doch erst vor einigen Tagen gekauft.« Ich zucke vorsichtig mit den Schultern und versuche ein leichtes Lächeln.

Nachmittags, wenn niemand in der Küche ist, öffne ich manchmal das Glas, stecke den Zeigefinger hinein, drehe ihn einmal im Kreis und lecke dann die Schokoladencreme ab. Ich mag den süßen Geschmack, die weiche Konsistenz, das Gefühl, wenn die Creme langsam auf der Zunge zergeht.

Bevor ich wieder in mein Zimmer gehe, schaue ich in den großen Spiegel und wische mir mit dem Handrücken die Schokolade von den Lippen.

»Ich werde noch ein bisschen lesen«, sage ich, während ich mit meiner Schwester den Tisch abräume.

Es fällt mir schwer, mich zu konzentrieren. Ich bin sehr aufgeregt und denke an die Fragen, die ich an den Psychologen habe. Ich würde gerne wissen, ob die Freiheit bereits mit dem Träumen beginnt. Ob man die Freiheit wollen kann, wenn man doch ohnehin zu ihr verurteilt ist. Ob der Wille aus der Freiheit entsteht. Wie sie sich anfühlt, die Freiheit, und woran ich merken kann, dass ich frei bin. Wie das Feiern geht. Und ob es tatsächlich eine Lebenslust gibt, die so groß ist, dass sie die Menschen auf den Gräbern tanzen lässt.

»Wir wollen fahren!«, ruft meine Schwester durch das Treppenhaus nach oben. Ich nehme noch schnell mein Tagebuch, schlage es zu und lege es in meine Schreibtischschublade. Als ich die Treppe hinuntergehe, steht mein Vater schon neben dem Spiegel und wartet. Er sieht mich eine Weile schweigend an.

»So können wir nicht gehen«, sagt er, während sein Blick von mir zu meiner Schwester wandert.

»Wo ist das Problem?«, frage ich. Ich schaue meine Schwester an.

»Mit dieser Hose nehme ich dich nicht mit. Sie ist eindeutig zu kurz.« Seine Stimme klingt ruhig, aber kühl.

»Aber in der letzten Woche hatte ich diese Hose doch auch an!«, entgegne ich. Gegenüber sehe ich mein Spiegelbild.

»Ja, genau. Deshalb ziehst du jetzt eine andere an. Mindestens bis zu den Knien.«

»Aber warum soll ich ...?«

»Weil ich es will!«

Dies war die Ultima Ratio. Ich hätte zwar gute Argumente gehabt, jedoch waren sie nicht von Relevanz. Auch wenn ich es zunehmend für unwahrscheinlich hielt, dass der Wille Gottes bei uns zu Hause die Fäden zieht: Den Willen meines Vaters hatte ich nicht infrage zu stellen.

Ich spüre, wie ich wütend werde. Wenn ich wütend werde, muss ich weinen. Diesen Triumph gönne ich ihm nicht, also renne ich schnell die Treppe hinauf. Auf dem Weg höre ich noch, wie mein Vater mit aufgeregter Stimme zu meiner Schwester sagt: »Du musst verhindern, dass sie wie eine kleine Lolita aus dem Haus geht!«

Wenn ich nicht weinen müsste, würde ich ihn fragen, ob er *Lolita* von Vladimir Nabokov[16] gelesen hat. Der Roman steht im Bücherregal meiner Mutter. Bisher kenne ich nur den Text auf dem Buchrücken. Es ist gut, dass ich ihn nicht frage. Er würde noch aufgeregter werden, als er ohnehin schon ist. Ich laufe in mein Zimmer und schlage die Tür zu. Weinend werfe ich mich auf das Bett und vergrabe mein Gesicht im Kissen. Als sich die Zimmertür öffnet, richte ich mich auf. Meine Schwester schließt die Tür hinter sich zu und setzt sich zu mir auf das Bett. Meine Haare sind durch die Tränen feucht geworden und kleben auf meiner Wange.

»Du kennst ihn doch. Er hat Angst um dich«, sagt sie, während sie mir ein Taschentuch reicht.

»Angst? Um mich? Niemals! Es ist reine Willkür!«, entgegne ich. Wütend stehe ich auf und laufe im Zimmer hin und her.

»Komm, setz dich wieder«, versucht meine Schwester mich zu beruhigen. Als ich mich neben sie setze, berührt sie mit ihrer linken Hand mein Gesicht und streicht eine Haarsträhne hinter mein Ohr. Sie lächelt mich an.

»Vielleicht ist es keine Angst, eher eine Sorge … weil du … du weißt schon. Du bist jetzt fünfzehn Jahre alt. Dir ist schon klar, wie du auf Männer wirkst, oder?«

Es gibt Momente, in denen jeder weitere Satz genau ein Satz zu viel wäre. Momente, in denen die Wut ins Unermessliche steigt. Es war, als wollte man mein rudimentär ausgeprägtes Streben nach Exploration im Keim ersticken. Eine primitive Reduktion auf das Äußere. Als müsste man mich vor der Außenwelt beschützen. Oder ging es darum, die Außenwelt vor mir zu schützen? Mag sein, dass es ein Akt der Projektion war. Eigentlich hätte mein Vater mich vor der Sucht meiner Mutter schützen müssen.

Schweigend stehe ich auf und öffne die Tür meines Kleiderschranks. Mein Blick fällt auf einen Rock. Er ist schwarz mit weißen Punkten, knielang. Ich mochte ihn noch nie. Ich mag grundsätzlich keine Röcke. Dann ist da noch eine kurze Trainingshose, die ich im Sportunterricht trage. Für meinen Vater kommt sie definitiv nicht in Betracht. Obenauf liegt eine neue Jeans, ich habe sie erst vor einigen Wochen gekauft. Während ich meine Schwester kurz ansehe, ziehe ich meine kurze Hose aus, ziehe die neue Jeans an, greife von meinem Schreibtisch einen roten Filzstift, umrande damit die Hosenbeine in der Höhe der Knie und gehe zur Tür.

»Was hast du vor? Das kannst du nicht tun! Untersteh' dich!«, ruft meine Schwester mit einem entsetzten Unterton. Ihre ohnehin schon großen Augen erscheinen nun noch größer.

*Untersteh' dich,* sagte meine Mutter häufig zu mir, wenn ich auf ihre Sucht zu sprechen kam. Als könne sie jede mögliche Einsicht von sich fernhalten, wenn sie mir nur das Wort verbietet. Sie hatte dabei nicht bedacht, dass jedes Verbot, jedes Untersagen eine Reaktion bedingen wird.

Die Türklinke schon in der Hand drehe ich mich zu meiner Schwester um.

»Doch. Ich kann. Und ich unterstehe mich nicht«, sage ich, öffne die Tür und gehe betont langsam die Treppe hinunter. Am Fuße der Treppe steht mein Vater und wippt ungeduldig mit dem rechten Fuß. Ohne ihn anzusehen, gehe ich an ihm vorbei, öffne die Küchenschublade, hole die Schere heraus, lege sie auf die Arbeitsplatte und ziehe die Jeans aus. Währenddessen sehe ich zu meinem Vater. Er weiß, was die Hose gekostet hat. Schließlich hat er sie bezahlt. Fein säuberlich schneide ich sie ab, die Hosenbeine, eines nach dem anderen, lege die Schere zurück in die Schublade, lasse die Hosenbeine in den Mülleimer gleiten, wie es sich gehört, ziehe die Jeans an und gehe zur Haustür, vorbei an meinem Vater, der dort steht, am Fuße der Treppe, in der rechten Hand den Autoschlüssel, mit der linken Hand stützt er sich an der Wand ab. Neben ihm steht meine Schwester, schweigend. Ich höre einzig das leise Kichern meines Bruders.

»Ich bin so weit. Wir können jetzt fahren«, sage ich, öffne die Haustür und gehe zur Garage, vorbei an dem großen Kirschbaum und den blühenden roten Rosen.

## HÖFLICHE LEBENDIGKEIT

Sich unterstehen. Es nicht wagen. Nicht widersprechen. Sich anpassen. Und damit einem Zweck dienen, mit dem Preis der Selbstverleugnung, der Unterdrückung des eigenen Willens.

Ich erinnere mich an einen Dialog mit meinem Vater. Anlass war eine Unterrichtsveranstaltung in der Schule, in welcher wir über den Zusammenhang zwischen unseren Interessen, unseren Begabungen und unseren Berufswünschen sprachen.

»Ich will Philosophie studieren!«, sagte ich zu ihm.

»Du willst nicht, du möchtest«, war seine nüchterne Entgegnung.

Mit dieser Äußerung erinnerte er mich nicht nur an die gebotene Höflichkeit und Zurückhaltung, er unternahm ebenso eine Differenzierung zwischen dem, was ich mir wünschen durfte und dem, was in der Realität für mich vorgesehen war. Ich sollte dasjenige wollen, was er sich für mich gewünscht hat. In seiner inneren Welt war dies zunächst das Bodenständige, das Zurückhaltende, das Zweckmäßige.

»Du könntest stattdessen auch eine Ausbildung machen. Vielleicht etwas Kaufmännisches«, sagte er zu mir.

Ich hätte es sehr bedeutsam finden können, welch große Selbstverständlichkeit er einerseits der Sucht meiner Mutter zugestanden hat, dieser sich nach Stillstand sehnenden, zersetzenden Energie, und wie wenig ihm andererseits gelegen war an meiner Lust auf Lernen und Exploration. Es war auch dieser naive Satz, den ich immer mal wieder gehört habe, der mich in einer kindlichen Anschauung, in einer Sehnsucht nach märchenhafter Magie gefangen hielt: *Wenn man sich etwas nur stark genug wünscht, wird es auch in Erfüllung gehen.* Dass Wunsch und Wille nicht identisch sind, dass das bloße Wünschen, sei es noch so stark, das fehlende Handeln nicht kompensieren kann, kam mir nicht in den Sinn. Dass die Übermacht meiner Angst meinen Willen behindert hat, noch viel weniger.

Die übermächtige, nicht integrierte Angst erstickt jeden Wunsch, den man zwar spürt, der von inneren Bildern lebt, welcher jedoch in keine Handlung überführt werden kann. Das alleinige Wünschen, das vom Hoffen nur mühsam getrennt werden kann, kann ausdauernd sein. Es beansprucht viele Gedanken. Und viel Lebenszeit. Im Sinne Schopenhauers ist der Zusammenhang zwischen Wunsch und Wille analog zum Verhältnis zwischen Geist und Körper – es braucht einen körperlichen Akt, um den Willen zu vollziehen. Körper- und Willensakt, so Schopenhauer, unterliegen dem

Prinzip der Gleichzeitigkeit, der Körper eines Menschen ist der objektivierte Wille.[17]

Das gierige Trinken als Ausdruck eines starken Verlangens, einer primitiven Bedürfnisbefriedigung, ist der feststeckende Wunsch nach einem befriedigten Zustand, eine blockierte Lebensenergie, eine fehlgeleitete Antwort auf eigene Gefühlsregungen, eine Kompensation für den nicht gelebten Willen. Der Alkoholiker stellt seinen Selbsterhaltungstrieb gewissermaßen auf den Kopf: Seine Gier ist triebhaft, die Sehnsucht nach einem unterschiedslosen Zustand führt das eigene Selbst mit absoluter Bestimmtheit in Krankheit, Siechtum und Tod. Damit wird Schopenhauers Ansicht bestätigt, dass das menschliche Sein eine Leidensgeschichte[18] ist, dass der leidende Mensch seine eigene Bedürftigkeit spürt, einen Mangel wahrnimmt und gleichzeitig die Erfahrung macht, dass die Welt um ihn herum diesen Mangel nicht beheben kann.

Es sind die Tränen, die ich für mich weine, im Stillen, um diese unsichtbare Grenze zu wahren, diesen schmalen Grat der Verletzbarkeit, der meine eigene Empfindsamkeit, mein eigenes Gefühl von der Außenwelt fernhält, um es nicht zu offenbaren, um die eigene Vulnerabilität zu schützen, um sie nicht der Lächerlichkeit preiszugeben. Und doch beginne ich zu spüren, dass ich mich lebendig fühle, wenn ich mich öffne, wenn das Unsichtbare sichtbar wird. Meine eigene Selbstverleugnung ist nichts anderes als die Angst, der Mensch zu werden und zu sein, der ich bin. Das Schreiben ist somit gleichbedeutend mit einer schonungslosen Selbstoffenbarung.

## Rote Empörung

Vor vielen Jahren sagte ich zu meinem Vater: »Ich würde anderen Menschen gerne von Mamas Sucht erzählen, aber ich schäme mich.«

»Aber warum schämst du dich denn?«, fragte mein Vater. »Du kannst doch nichts dafür.« Damit sagte er: Wer etwas dafür kann, sollte sich schämen.

Ich sagte ihm nicht, dass er sich ebenso schämte, dass er jedoch vorgab, es nicht zu tun. Obwohl er sprach, hat er geschwiegen.

Er, der seinen eigenen Vater das erste Mal gesehen hat, als er neun Jahre alt war, wartend an einem zugigen Bahnsteig, die grauen Wollstrümpfe hochgezogen bis zu den Knien, die Sohlen der schwarzen Lederschuhe abgelaufen, das blonde Haar zur Seite gekämmt, das Gesicht ausdruckslos, gleichgültig, da er auf einen Fremden wartete, auf einen Mann, meinen Großvater, der im Jahre 1949 aus russischer Kriegsgefangenschaft nach Hause kam.

»Was hast du empfunden, als du am Bahnsteig gewartet hast?«, fragte ich ihn, als er mir davon erzählte.

»Was soll ich empfunden haben? Ich habe es nicht hinterfragt«, gab er mir zur Antwort.

Meine Scham ist die Scham über meine vermuteten Inkompetenzen, die versteckt sind hinter der inneren Wand, die mein Inneres von der Außenwelt trennt. Die innere Wand, dieses Sinnbild der Dissoziation, die eine Entsprechung im Äußeren findet, in all dem, was ich mich in den vergangenen Jahrzehnten nicht getraut habe, weil ich davon überzeugt war, ich könne es nicht schaffen. Weil ich dachte, meine Kompetenzen reichten nicht aus. Die Wahrheit ist: Ich habe kein Philosophie-Studium absolviert, weil mir Bestärkung und Anerkennung gefehlt haben, weil mein Streben nach Autonomie behindert wurde. Wer sich nicht anerkannt fühlt, entwickelt keine Motivation, kein Selbstvertrauen. All das macht mich wütend, aber hinter dieser Wut, hinter der Empörung wartet der Schmerz, die Verletzung, das Gefühl, nicht ernst genommen, nicht gesehen worden zu sein. Ich schaue den Schmerz an. Mich selbst trösten. Mitgefühl mit mir selbst haben. Mein Schmerz ist ein Bestandteil des Kerns in mir selbst. Ich stelle mir diesen Kern wie eine Kugel vor, deren eine Hälfte gefüllt ist mit den Farben Rot, Gelb und Orange. Diese Farben repräsentieren meine Lebensfreude, meine Zuversicht, meine Werte und Überzeugungen, das, womit ich in meinem Leben zufrieden bin. Die andere Hälfte des Kerns trägt die Farbe Schwarz. Das Schwarz repräsentiert meine Traurigkeit, meinen Schmerz, die Scham, die empfundene Ablehnung, mein fehlendes Selbstvertrauen, all die Verletzungen. So wie das Meer bei beginnender Ebbe sanft an den Strand gespült wird, wie eine leise Umarmung, legen sich die Farben behutsam um die schwarze Hälfte meines inneren Kerns, als deckten sie das Schwarz vorsichtig zu, als schützten sie es. Damit geben sie dem Dunklen die Berechtigung, dass es existiert, dass es gesehen wird, dass es sich zeigen darf. So fühlt es sich an, wenn ich mich selbst tröste.

*Empört euch!*, lautet der Titel eines Essays des Lyrikers und politischen Aktivisten Stéphane Hessel.[19] Er beklagt darin die Gleichgültigkeit der Menschen gegenüber politischen Entwicklungen und Verhältnissen. Ausgangspunkt seiner Überlegungen ist die Allgemeine Erklärung der Menschenrechte der Vereinten Nationen aus dem Jahre 1948, welche er selbst mitverfasst hat. Hessel, der das Konzentrationslager Buchenwald überlebt hat, fordert einen friedlichen Widerstand, eine engagierte und revoltierende Haltung. Mit letzterer nimmt er eindeutig Bezug zur existenzialistischen Weltsicht eines Jean-Paul Sartre, der über den Menschen sagt, er sei dazu verurteilt, frei zu sein, er sei verantwortlich für das, was er tut.

*Haltung* bedeutet, eigene Werte und Überzeugungen zu kennen und diese nach außen vertreten zu können. Wer autonom leben möchte, benötigt eine Haltung, damit er nicht nur auf seine Umwelt reagiert, sondern sich aktiv zu ihr verhält.

Der durch das Suchtsystem ausgeübte Sog verhindert die Entstehung einer eigenen Haltung, da man getäuscht wird hinsichtlich der eigenen Wünsche, manipuliert wird, sodass man zunächst annimmt und es irgendwann auch glaubt, dass man das Leben, das man führt, will, obwohl man es – tief im Inneren – nicht will. Es ist die süchtige Manipulation des Alkoholikers, der seine Umwelt so steuert, dass sie ihm dienlich ist, dass sie die Sucht unterstützt. Die Entsprechung der süchtigen Manipulation ist die Selbsttäuschung. Man glaubt, man sei frei. Aber man ist es nicht, man kann es gar nicht sein, da man mit sich selbst nicht in Kontakt steht. Wer frei ist, erlaubt sich einen kritischen Blick, hat eine eigene Meinung, für die er verantwortlich gemacht werden kann. Wer frei ist, empfindet seine eigenen Bedürfnisse und setzt sich für sie ein. Wer frei ist, erlebt eine Übereinstimmung von eigenen Bedürfnissen, Empfindungen, Haltung und Verhalten.

Der letzte Satz des Essays lautet: »Neues schaffen heißt Widerstand leisten. Widerstand leisten heißt Neues schaffen.«[20] Ein Widerstand, der vom Individuum selbst entschieden wird, der nicht nur *Nein*, sondern ebenso *Ja* sagt zu etwas Neuem, zu einer Essenz, die dem eigenen Denken, den eigenen Wünschen entspricht, bedeutet die Freiheit des eigenen Willens, eines gelebten Willens, der impliziert, sich selbst mit der Welt zu konfrontieren und die Welt wiederum mit dem eigenen Selbst, sodass das, was man in die Welt hinausträgt, ein Ausgangspunkt wird, ein Ursprung für das Neue, für das Ungewisse, für Entwicklung. Wer sich empört über das Suchtsystem, der empfindet das Unrecht, das ihm widerfahren ist. Wer den eigenen Schmerz spürt, der sagt *Nein* zum Suchtsystem und *Ja* zu sich selbst.

Kritiker sagen, Empörung sei ein sekundäres Gefühl, eines, das ein zugrunde liegendes, primäres Gefühl überdeckt. Dies würde bedeuten, dass ein Mensch, der sich empört, das zugrundeliegende Gefühl, etwa ein Gefühl der Kränkung, nicht spürt. Gibt es nicht auch eine Form der Empörung, die das Ergebnis des Spürens ist? Mitunter lässt sich eine Empörung erst dann mit einer Intention, mit einer Zielsetzung versehen, wenn man das Unrecht spüren kann.

»Warum sagst du nichts?«, fragte ich meinen Vater, als ich vor einigen Jahren neben ihm am Grab meiner Mutter stand.

»Ich begreife es nicht. Es gibt nichts zu sagen. Ich friere, lass uns gehen«, antwortete er.

Er klappte seinen Mantelkragen hoch, wischte sich mit dem Taschentuch flüchtig über seine Augen, drehte sich um und ging voraus.

Alkoholismus ist ein Politikum. Man darf und man sollte sich darüber empören, dass die Folgen für jeden Einzelnen, der in einem Suchtsystem gelebt hat und lebt, beträchtlich sind. Meine Empörung ist eine Antwort auf das gleichgültige Schweigen.

## GEZEITIGTE WÄNDE

Die Gewissheit der Ungleichzeitigkeit inmitten des Schweigens. Mit meinem Verhalten nahm ich in Kauf, dass um mich herum geschwiegen wurde. Hätte ich versucht, das Schweigen zu brechen, mit der Äußerung von etwas Banalem, einer Bemerkung zum Wetter, dem Hinweis, dass mein Vater das Auto definitiv zu schnell über die Autobahn steuerte, ich hätte wiederum nur Schweigen geerntet. Es wäre die Steigerung des gleichgültigen Schweigens gewesen, ein strafendes Schweigen. Also sagte ich nichts.

Das Schweigen des Einen nährt das Schweigen des Anderen.

Ich sitze auf der Rücksitzbank hinter dem Beifahrersitz. Von der Seite schaue ich gelegentlich zu meinem Vater. Auf seiner rechten Wange bewegen sich seine Kaumuskeln. Seinen Blick hat er starr nach vorn gerichtet. Das, was ich sehr deutlich wahrnehme – das wütende Schweigen meines Vaters und das gleichgültige Schweigen meiner Schwester auf dem Beifahrersitz, meine unterdrückte Atmung, die Anspannung in der Luft, die in der Enge des Autos jeden verfügbaren Raum einnimmt –, findet direkten Eingang hinter meine innere Wand. Ein Gespür für die eigene innere Wand zu haben, ist das Eine. Die Atmosphäre zu spüren, eine Ahnung zu bekommen, dass das Innere des Anderen ebenso hinter einer Wand atmet, ist das Andere. Und trotz dieser Gleichzeitigkeit geschieht hinter den inneren Wänden nicht das Gleiche.

Der Philosoph Ernst Bloch spricht in diesem Kontext von der *Ungleichzeitigkeit im Gleichzeitigen*. In seiner Analyse bezüglich der Entstehung des Nationalsozialismus nimmt er mit dieser Formulierung Bezug auf die Prozesse menschlicher Entwicklung, welche in unterschiedlichen Gruppierungen der Gesellschaft nicht parallel laufen. Das Vergangene, das Menschen in sich tragen, trifft mitunter auf einen gesellschaftlichen Zustand, der sich bereits emanzipiert, weiterentwickelt hat. Bloch sagt dazu: »Nicht alle sind im selben Jetzt da.«[21]

Obwohl wir physisch zeitgleich anwesend waren, mein Vater, meine Schwester und ich, unsere Körper hätten sich berühren können, lebten wir in einem individuellen Hier und Jetzt. Meine innere Wand, sie war nicht nur ein Ort des Rückzugs, der Abspaltung von Emotionen, sie war ebenso ein Instrumentarium, um die mich umgebende Wirklichkeit aus der Entfernung betrachten zu können. Gedanklich stelle ich mir die inneren Wände meines Vaters und meiner Schwester vor. Ich sehe riesige Mauern, meterhoch, erbaut aus dicken

Ziegelsteinen. Das Fundament der Mauern ist fest in der Erde verankert. Die inneren Wände gibt es schon sehr lange, ihre Existenz ist gegeben und selbstverständlich, unhinterfragt. Wenn die Existenz einer Essenz vorausgeht, so könnten die inneren Wände einen Aufforderungscharakter haben – sofern man sich ihrer bewusst ist. Wer keine Fragen an das Leben hat, der wird es in seinem So-Sein akzeptieren. Dann werden aus inneren Wänden fest zementierte, ewige Barrieren.

Mit den von uns nicht hinterfragten Wänden ist es immer gleich. Weil es diese Wände gibt, schweigen wir. Weil wir schweigen, gibt es diese Wände.

Wie bereitwillig wir mit der Ungleichzeitigkeit leben, wie selbstverständlich wir uns die Luft zum Atmen teilen, durch die gleichen Räume wandeln, da wir in der Gewissheit leben, dass es ein Morgen gibt, da wir die stille Hoffnung hegen, dass die Wände fallen, eines Tages, weil die Sehnsucht mit aller Macht an ihnen emporragt.

Ich schaue aus dem rechten Autofenster in den Sommerhimmel und schließe die Augen. Träumen. Frei sein. Feiern. Meine Lebenslust spüren.

Der Psychologe wartet schon auf uns. Als die Krankenschwester uns durch die Glastür auf die

Station lässt, sehe ich ihn am Ende des Gangs vor seiner Bürotür stehen.

»Bitte«, sagt er, während er mit der ausgestreckten Hand auf drei Stühle zeigt, »setzen Sie sich.«

Fast alles in diesem Raum ist anders als in der letzten Woche. Der Psychologe trägt ein schwarzes Hemd, kein himmelblaues, in den Händen hält er einen Hefter aus Pappe, darin sind einige Papiere abgeheftet. Ich versuche zu lesen, was vorn auf dem Hefter steht, aber er dreht ihn immer wieder zwischen seinen Händen. Das ist es, was gleich geblieben ist: Seine schönen Hände, die sonnengebräunte Haut.

»Ich habe mit Ihrer Frau ...« – er unterbricht kurz – »... und mit Ihrer Mutter viele Gespräche geführt in der letzten Woche.«

Ich frage mich, wie ihm das gelingen kann, was bei uns zu Hause nicht funktioniert. Miteinander reden. Gespräche führen.

»Die Situation ist schwierig. Um genau zu sein, sie ist sehr unzufriedenstellend.« Die Stimme des Psychologen klingt bedeutungsvoll. Ich habe das Gefühl, dass dies ein Moment ist, in dem ich aufmerksam zuhören muss. Die Wut meines Vaters ist aus seinem Gesicht gewichen, stattdessen sieht er nun traurig aus. Ich spüre, wie ein mitleidiges Gefühl in mir emporsteigt.

Viele Jahre habe ich gebraucht, um zu verstehen, wie das möglich ist. Wie es sein kann, dass meine Wahrnehmung auf die Umgebung fokussiert ist, auf andere Menschen, auf den Raum, auf die Atmosphäre, während ich mich selbst nicht spüre, als habe ich kein Recht auf eine Empfindung, als sei ich nicht zugegen, als gebe es mich nicht, als sei die Ungleichzeitigkeit mein Schicksal.

Der Psychologe schlägt den Hefter auf und blättert einige Seiten um.

»Ihre Frau«, sagt er, während er meinen Vater dabei ansieht, »ist davon überzeugt, dass sie keine psychotherapeutische Behandlung benötigt. Sie lehnt eine Therapie ab.«

Mein Vater sieht zu meiner Schwester, diese wiederum schaut mich an.

»Ihr fehlt die Einsicht. Die Gründe dafür sind sehr komplex, unter anderem ist dies ein Symptom der Abhängigkeit. Ohne diese Einsicht jedoch können wir nicht therapieren«, ergänzt er, während sein Blick nun zu mir wandert.

Es wäre ein passender Moment für meine Fragen, wenn mein Vater und meine Schwester nicht im Raum wären. Gewissermaßen hat er die Antworten jedoch schon gegeben. Wenn *Einsicht* bedeutet, sich im Zuge einer gemachten Erfahrung aus einem vorherigen Zustand wegzubewegen in einen andersartigen, im Sinne einer Entwicklung zukunftsgerichteten Zustand, sich selbst zu erkennen, dann war meine Mutter offenbar uneinsichtig. Sie gab vor, von ihrem Recht auf eine freie Entscheidung Gebrauch zu machen, vergaß dabei jedoch, dass ein freier Mensch der Verantwortung verpflichtet ist.

Wer frei entscheidet, empfindet Würde. Das freie Entscheiden, so sagt es der Philosoph Peter Bieri, sei eine notwendige Bedingung für Würde, nicht jedoch eine hinreichende Bedingung. Ein Mensch, so Bieri, könne aus seiner Freiheit heraus eine Entscheidung treffen und trotz der Freiwilligkeit verstoße sein Tun mitunter gegen die eigene Würde. Warum ist diese Differenzierung so wichtig? Bieri versteht Würde als etwas, das über den einzelnen Menschen hinausragt, sie sei das Charakteristikum einer ganzen Lebensform.[22] Das ist bedeutsam.

Wie soll man damit umgehen, dass die Würde eines Menschen auch bedeutet, sich kein abschließendes Bild von ihm zu machen, ihm das Recht auf das eigene Tun und das Nicht-Tun zuzugestehen? Wie ist damit umzugehen, dass meine Mutter sich sehenden Auges selbst ihre Würde nahm?

Später erfuhr ich noch, dass sie den Psychologen wissen ließ, sie sei vernünftig genug, mit dem Trinken aufzuhören, wenn sie es nur wolle. Sie genieße, wie jeder Mensch, Autonomie, sie sei in einem positiven Sinne frei, sie könne über ihren Willen frei entscheiden. Damit gab sie vor, innerlich autonom zu sein, obwohl sie es nicht war. Sie missbrauchte den Autonomiebegriff, um weiterhin trinken zu können.

Es ist still im Raum. Der Psychologe wartet, ob wir Fragen haben oder etwas sagen möchten. Was hätte es zu sagen gegeben? Wenn ich nicht bereits damit begonnen hätte, nach der Bedeutung der Dinge zu fragen, es wäre gewesen wie in Samuel Becketts *Endspiel*[23], diesem apokalyptischen Drama, in dem die Welt längst untergegangen ist und es nicht mehr darum geht, sich als Subjekt zu begreifen, gestalten zu wollen, sich zu verwirklichen, da die Wirklichkeit nicht mehr existent ist, da sie gemeinsam mit jeder Bedeutung, die es mal gegeben hat, in der Sinnlosigkeit verschwunden ist. Meine Individuation hätte obsolet sein können.

Mein Vater setzt sich auf das vordere Drittel der Sitzfläche, als wolle er aufstehen.
»Das heißt, dass sie nun entlassen werden kann?«, fragt er in den Raum.
»Die Entgiftung wird in einigen Tagen beendet sein, dann kann Ihre Frau nach Hause.« Der Psychologe macht eine kurze Pause, als müsse er zunächst überlegen, was er sagt.

»Ich sagte Ihnen ja, dass die Situation schwierig ist. Ihre Frau lehnt eine psychotherapeutische Behandlung ab. Ich möchte Sie darüber aufklären, was das bedeutet. Wenn sie weiterhin trinkt, steigt das Risiko für eine Krebsentstehung oder auch für das Korsakow-Syndrom«, sagt der Psychologe, während er die Patientenakte meiner Mutter zur Seite legt.

»Korsakow?«, fragt mein Vater und schaut den Psychologen dabei an. Seine Stimme klingt ratlos und überfordert.

»Das ist die Bezeichnung für eine Erkrankung des Gehirns, die mit Gedächtnisstörungen einhergeht. Der Name geht zurück auf den russischen Arzt Sergej Korsakow. Meistens zeigt sich die Erkrankung derart, dass neu erlebte Dinge nicht mehr erinnert werden können«, führt der Psychologe aus, während er sich in seinem Bürostuhl zurücklehnt und seine Hände vor dem Körper zueinander führt.

Ich spüre, wie ich unruhig werde. Mit meiner linken Hand ziehe ich einige lose Fäden aus der abgeschnittenen Jeans und drehe sie zwischen meinen Fingern. Meine Schwester sieht mich vorwurfsvoll an und schüttelt leicht mit dem Kopf.

»Wenn Sie noch Fragen haben, können Sie mich gerne anrufen«, sagt der Psychologe, steht auf und geht auf uns zu. Schnell rolle ich die Fäden zusammen und stecke sie in meine Hosentasche.

Fragen hatte ich genug. Aber es waren nicht die Fragen, die er meinte.

»Sie will es so«, sagt mein Vater, als wir uns von dem Psychologen verabschiedet haben und über den Flur der Station gehen. Als könne der Wille jede Entscheidung rechtfertigen.
Meine Mutter sagte nicht, was sie will. Sie sagte vielmehr, was sie nicht will. Ihre Ablehnung einer Therapie war lediglich die gesteigerte Form einer Negation. Sie wollte es nicht wahrhaben, dass sie den Alkohol gebraucht hat, benutzt hat, um sich nicht spüren zu müssen. Sie wollte nicht erkennen, vielleicht konnte sie es nicht, dass der Konsum des Alkohols, dieser Prozess der Einverleibung mit dem Wunsch, der eigenen Seele habhaft zu werden, sie zu kontrollieren, unweigerlich ins Verderben führen würde. Es war die Allverfügbarkeit der Droge, die ihr die Überzeugung vermittelte, sie könnte aufhören, wenn sie es nur stark genug wollte. Als sei sie es, die diese Macht steuert, diese Macht, die längst von ihr Besitz ergriffen hatte. Ihr maskiertes *Ich will nicht* trug sie vor sich her wie eine Waffe, jederzeit bereit, dem Gegenüber ihren scheinbaren Willen in kurzen, jedoch prägnanten Sätzen mitzuteilen. In all dem, das war ihre besondere Tragik, lag etwas, das ebenso zersetzend ist wie der Alkohol an sich: Ihre Überzeugung von der Übermacht des Geistes.

Ich würde gerne nach Hause fahren, aber mein Vater will meine Mutter noch besuchen. Mit langsamen Schritten geht er auf das Zimmer zu, klopft kurz an und öffnet die Tür. Während er zu ihr geht, bleiben meine Schwester und ich im Türrahmen stehen. Dort sitzt sie, meine Mutter, das Kopfteil des Bettes ist hochgestellt, in den Händen hält sie die *ZEIT*. Die Sonne scheint durch das Fenster und wirft warmes Licht auf ihre dunklen Haare.

»Es wird Zeit, dass ich nach Hause komme. Die Mahlzeiten hier sind geschmacklos«, bemerkt sie, während sie sich auf die Bettkante setzt.

Für einen kurzen Moment bin ich sprachlos.

»Von Herrn Korsakow ist noch nichts zu sehen«, flüstere ich, sodass mein Vater es nicht hören kann. Unvermittelt stößt meine Schwester mir ihren Ellenbogen in die Rippen, ich kann kaum atmen, so weh tut es. Die Unterordnung liegt mir einfach nicht.

Die Ungleichzeitigkeit ist ein Faktum. Die Welt ist eine Welt der Ungleichzeitigkeit. Jeder Krieg, im Großen wie im Kleinen, ist das Resultat einer Ungleichzeitigkeit. Das Leben in einem Suchtsystem ist grundsätzlich gleichbedeutend mit einem Leben in der Ungleichzeitigkeit.

Ambiguitätstoleranz bedeutet nicht, die im Inneren empfundene Ungleichzeitigkeit zu bagatellisieren. Vielmehr braucht es eine innere Kongruenz, um eine Grenze zu ziehen zwischen dem Äußeren und dem Inneren. Diese Grenze ist nicht gleichbedeutend mit einer Wand, die nichts hindurchlässt und durch die nichts nach Außen dringt. Innere Kongruenz hat zur Folge, wenn man es ernst meint mit sich, dass der Abstand zum Anderen größer wird, da man sich Raum verschafft, um atmen zu können, um sich bewegen zu können. Wer das Gefühl der inneren Kongruenz zum ersten Mal spürt, der bekommt eine Ahnung, wie weit er bisher von sich selbst entfernt war. Die Entwicklung einer inneren Freiheit ist die Antwort auf eine selbst erlebte Ungleichzeitigkeit.

## Die Würde des Unverborgenen

Wie verhält es sich mit der eigenen Würde, wenn man zwar annimmt, frei zu sein, es in Wirklichkeit jedoch nicht ist? Ist es möglich, dass ein vermeintliches Freiheitsgefühl bereits das Ergebnis der verletzten Würde ist? Und wenn dies so ist: Wie äußert sich die verletzte Würde?

In mir spricht eine Stimme, die mir bedeutet, nicht darüber zu schreiben. Etwas auszusparen. Darüber hinwegzugehen. Nicht hinzusehen. Etwas zu verschweigen. Warum ist das so?

Es scheint ein bedeutsames Schweigen zu sein, ein Schweigen, das eine lange Geschichte hat und auf etwas hindeutet, auf etwas Bedrohliches, das den Blick fernhält von dem darunter liegenden Kern. Ein Schweigen, das von der Wahrheit ablenkt und zugleich auf sie verweist.

Für Heidegger ist das Wahre dadurch definiert, dass es etwas Seiendes offenlegt, dass etwas entdeckt und geborgen wird. Ohne Offenheit kann es keine Wahrheit geben. Es ist das Seiende in seiner Unverborgenheit, das die Wahrheit markiert.[24]

Es ist ambivalent, Heidegger im Kontext mit der Wahrheit, mit der Unverborgenheit zu nennen, vertrat er doch nachweislich nationalsozialistisches Gedankengut[25] und war Mitglied der NSDAP[26]. Man könnte urteilen, dass es sich ob dieser historischen Tatsache moralisch verbietet, ihn hier zu zitieren. Andererseits lässt sich sagen, dass es Sinn ergibt, genau das zu tun. Heidegger sagt: »Die Entdecktheit des innerweltlichen Seienden *gründet in der Erschlossenheit der Welt.* [...] *Dasein ist ›in der Wahrheit‹.*«[27] Zu dieser Wahrheit gehört auch das aus heutiger Perspektive beschämende und lebensverachtende Gedankengut Heideggers.

Wer das Wahre als das entdeckte Seiende definiert, wer sagt, dass die Wahrheit der Offenheit bedarf, der kommt nicht umhin: Er muss sich demaskieren, um für die eigene Würde einzutreten. Die Unverborgenheit offenbart sich hinter der kognitiven Erkenntnis. Sollte es möglich sein, dass das, was ich bisher für verschiedene Spielarten meiner Angst gehalten habe, gar kein Ausdruck für meine Angst ist? Geht es hier um etwas, das zugleich Ursache und Wirkung ist? Geht es um Scham?

Die Scham, dieses Gefühl, unwürdig zu sein, lieber im Verborgenen zu bleiben, fern der Welt, fern der Menschen, sich den Blicken der Anderen zu entziehen, da man annimmt, sie sähen einen so, wie man sich selbst sieht, sie hat etwas potenziell Vernichtendes, weil sie anzeigt, dass die eigene Würde verletzt ist. Das Schweigen über die Scham IST die Scham. Wer die eigene Scham beim Namen nennt, nimmt sich selbst so an, wie er ist. Er verteidigt die eigene Würde.

Ich erinnere mich an ein kurzes Gebet, das in der katholischen Kirche vor dem Empfang der heiligen Kommunion gesprochen wird: »Herr, ich bin nicht würdig, dass du eingehst unter mein Dach, aber sprich nur ein Wort, so wird meine Seele gesund.« Es klingt märchenhaft. Ich stelle mir vor, dass lediglich ein Wort – Selbstannahme – genügt, um nicht mehr vor den Augen der Anderen verschwinden zu wollen. Zunächst jedoch soll ich bekennen, dass ich unwürdig bin. Da taucht sie auf, die geforderte Demut, da ich angeblich per se schuldig bin. Ich möge mich hingeben, um erlöst zu werden von den eigenen Seelenqualen. Ich weigere mich. Stattdessen bemühe ich mich um ein vertieftes Verstehen.

Warum fällt es mir leichter, über meine Angst zu sprechen? Das Gefühl der Angst lässt sich sprachlich auf Distanz halten. Man sagt *Ich habe Angst vor Gewitter* oder *Ich habe Angst vor großen Menschenansammlungen*. Die Angst scheint nicht derart mit dem eigenen Ich verwoben zu sein. Wenn man sagt *Ich schäme mich, weil ich glaube, inkompetent zu sein*, so gibt es diese Trennung nicht. Ich. Inkompetenz. Scham. Die Scham verschlingt alles und reißt es mit sich. Es ist wichtig, dies zu benennen. Es sollte mehr gesprochen werden über dieses zutiefst menschliche Gefühl, das übermächtig zu werden droht, wenn die eigene Würde verletzt wurde.

Die Scham hat eine Besonderheit. Dies macht es schwierig, sich ihr zu nähern. Es kann sich befreiend anfühlen, wenn man gefragt wird *Hast du Angst?*. Wenn es sich in Wirklichkeit jedoch nicht um Angst handelt, sondern um Scham, so begibt man sich mit dem vermeintlichen Gefühl der Befreiung auf einen Irrweg. Die Frage *Schämst du dich?* kann noch tiefer in den inneren Rückzug führen, da durch sie die Scham über die Scham berührt wird. Dieser Umstand lässt sich wohl am ehesten als Dilemma bezeichnen. Da die Scham verflochten ist mit dem eigenen Selbst, kann sie nur aus dem eigenen Inneren heraus aufgebrochen werden.

Die Ablehnung der Welt ist sowohl eine Ablehnung von all dem, was ein Mensch mit dem Äußeren assoziiert, als auch eine empfundene Ablehnung durch die äußere Welt. Die Ablehnung ist universell, sie ist Ursache und Wirkung zugleich. Das Nicht-gesehen-Werden und das schmerzhafte Gefühl der Zurückweisung bedingen ein Gefühl der Unzulänglichkeit und bedeuten in der Folge, sich der Außenwelt aus Scham nicht zeigen zu wollen, vor Scham im Boden versinken zu wollen. Welche Bedeutung hat diese Aussage?

Es ist das Gefühl der Wertlosigkeit, das in der Empfindung gleichbedeutend ist mit dem Gefühl der Vernichtung. Man möchte verschwinden, da man sich seiner nicht sicher ist, da etwas Existenzielles verloren scheint.

Die Lebensform der Würde, so sagt es der Philosoph Peter Bieri, sei die Antwort auf die Zerbrechlichkeit, die uns umgibt, innen wie außen; sie sei der Versuch, unser gefährdetes Leben in einer Balance zu halten.[28] Die Würde des Menschen ist derart bedeutend, dass wir die Toten würdevoll bestatten, um ihnen Respekt zu zollen und damit wir als Überlebende in Würde weiterleben können.

»In vino veritas – im Wein liegt die Wahrheit«, sagt der Volksmund und verdeutlicht damit, dass ein Mensch unter Einfluss von Alkohol die Wahrheit sagt. Passender wäre es zu sagen, dass unter Alkoholeinfluss die Hemmschwelle sinkt, sodass ein betrunkener Mensch sich weniger schämt, etwas vermeintlich Falsches zu sagen. Gehemmt sein. Sich zurückhalten. Sich die Welt nicht erschließen und damit von ihr verschwinden, obwohl man existiert.

Deutschunterricht in der Oberstufe. Wir lesen Ingeborg Bachmanns Rede »Die Wahrheit ist dem Menschen zumutbar«[29], die sie anlässlich der Verleihung des Hörspielpreises der Kriegsblinden am 17. März 1959 gehalten hat. In dieser Rede heißt es an einer Stelle:

»So kann es auch nicht die Aufgabe des Schriftstellers sein, den Schmerz zu leugnen, seine Spuren zu verwischen, über ihn hinwegzutäuschen. Er muß ihn, im Gegenteil, wahrhaben und noch einmal, damit wir sehen können, wahrmachen. Denn wir wollen alle sehend werden. Und jener geheime Schmerz macht uns erst für die Erfahrung empfindlich und insbesondere für die der Wahrheit. [...] Und das sollte die Kunst zuwege bringen: daß uns, in diesem Sinne, die Augen aufgehen.«

Unser Lehrer, ein Mann im Alter meines Vaters, mahnt: »Es bleibt zu befürchten, dass Sie als Nachgeborene den Inhalt der Rede nicht durchdringen, dass Sie nicht empfinden können, welches Leid die Menschen im Krieg erleben mussten. Ohne diese Empfindung ist die Stunde Null für Sie nicht greifbar!«

Seine Überlegung für eine Hausaufgabe klingt ambitioniert. Wir sollen ein eigenes Gedicht verfassen, das die Atmosphäre der damaligen Zeit verdeutlicht, Worte finden, um den geheimen Schmerz zu beschreiben. Es ist ein Versuch.
»Das, was nicht sichtbar ist, wird aus Ihnen emporsteigen, langsam, wenn Sie die Augen schließen und versuchen, den Schmerz zu spüren«, gibt er uns mit auf den Weg.

Die Augen schließen. Empfinden, spüren, damit uns in der Folge die Augen aufgehen. Für diese Aufgabe gibt er uns eine Woche Zeit.

Als er am Pult sitzt, vor ihm die Zettel mit unseren Gedichten, herrscht eine andächtige Stimmung. Er schaut in die Runde. Als sein Blick auf mich fällt, spüre ich meine Unsicherheit.
»Möchten Sie der Klasse Ihr Gedicht vorlesen?«, fragt er und schaut mich dabei an.
»Ich?« Mir wird warm und kalt zugleich, ich fange an zu schwitzen. Mein Gesicht errötet. Es ist unmöglich, dass ich selbst vorlese.
»Können Sie es bitte vortragen?«, erkundige ich mich bei ihm und hoffe, dass er mich versteht. Er muss sehen und wahrnehmen, wie unwohl ich mich fühle, dass ich mich schäme. Er nickt leicht mit dem Kopf und beginnt zu lesen.

*Der stumme Tod*

Entrissen
die Hoffnung
gebettet
auf verbrannter Erde
rauchende Schlote
am Himmelszelt
die Münder
der Toten
schreiend
am Wegesrand
geronnenes Blut
deine Augen
ein Mosaik
schwarze Trümmer
ewiglich
flehend
unsere Hände
die Sprache
vernichtet
stumm
das Wort.

Umgeben von Stille. Es ist ein Schweigen aus Respekt vor dem Unverborgenen.

## WARMES FEUERMAL

Es ist Abend. Ich sitze auf der Fensterbank und schaue nach draußen, mein Kissen halte ich eng umschlungen und drücke es an meinen Körper. Die Menschen auf der Straße tragen Winterjacken, die Kapuzen ragen weit über die Stirn in ihre Gesichter. Die Straßenlaterne erhebt sich in den Himmel, bedrohlich groß. Der Wind jagt unzählige dicke Schneeflocken am Kegel des Lichts vorbei, fast waagerecht fliegen sie in die Dunkelheit. Ich schaue auf mein Kissen. Es ist rund, der Bezug ist bedruckt mit kleinen Blumen, sie sind gelb und orange, eng aneinandergereiht. Wenn ich das Kissen mit ausgestreckten Armen vor meinen Körper halte, sieht es aus wie die Sonne.

Mein Blick fällt auf die Uhr mit den roten und blauen Zeigern, die auf meiner Spielzeugkommode steht. Ich habe mir gemerkt, wie die Zeiger stehen müssen. Der kleine Zeiger, er ist blau, auf der Acht, der große Zeiger auf der Zwölf. Meine Schwester hat es mir erklärt.

»Dann ist es acht Uhr«, hat sie gesagt, »dann komme ich nach Hause und bringe dich ins Bett.«

Es ist kalt auf der Fensterbank. Ich friere, obwohl ich meinen dicken Frottee-Schlafanzug und meine Hausschuhe anhabe. Beides habe ich mir selbst angezogen. Meine Schwester hat mir gezeigt, wie es geht. Wir haben es mehrmals gemeinsam geübt.

Der rote Zeiger steht fast auf der Zwölf. Ich drücke mein Kissen fest gegen meinen Bauch, springe von der Fensterbank und öffne die Tür meines Zimmers. Langsam gehe ich durch den kühlen Flur, neben der Wohnungstür bleibe ich stehen. Es ist still, ich höre einzig das Geräusch der Spülmaschine aus der Küche. Ich lausche. Aus dem Hausflur kommen Geräusche, jemand geht die Treppen hinauf, es klappert ein Schlüssel. Das muss sie sein!

»Da bin ich, meine Kleine!« Sie strahlt mich an, hängt schnell ihre Jacke an die Garderobe, zieht die Schuhe aus und bückt sich zu mir hinunter. Mit der rechten Hand streicht sie meine Haare hinter das Ohr und küsst mich auf die Wange. Dann nimmt sie mich auf den Arm und legt mein Kissen an ihre Schulter. Ich schmiege mein Gesicht an ihren warmen Hals. Mit ihrer Hand fährt sie über mein Haar, wiederkehrend, während sie den Flur unserer Altbauwohnung auf und ab geht. Ich schließe die Augen und spüre, wie meine Beine schwer werden.

Leise beginnt sie zu singen:

»Weißt du, wie viel Sternlein stehen
an dem blauen Himmelszelt
Weißt du, wie viel Wolken gehen
weithin über alle Welt

Gott der Herr hat sie gezählet
dass ihm auch nicht eines fehlet
an der ganzen großen Zahl
an der ganzen großen Zahl.«[30]

Langsam geht ihre Stimme in ein Flüstern über, während sie den Text des Liedes weiterhin spricht. Mein Atem geht ruhig. Ich spüre, wie mein Körper bei jedem ihrer Schritte sanft hin und her geschaukelt wird. Sie hält mich fest, ich muss nichts tun. Sie trägt mich so lange, bis ich eingeschlafen bin. Dann legt sie mich vorsichtig ins Bett, lässt meinen Kopf auf das Kissen gleiten, zieht mir die Hausschuhe aus und deckt mich zu. Kurz öffne ich die Augen. Das Deckenlicht ist ausgeschaltet, es leuchtet lediglich die kleine Lampe, die auf der Kommode steht. Das Zimmer ist getaucht in ein goldenes Licht. Sie setzt sich zu mir und streichelt mit ihrem Zeigefinger über das Feuermal in meinem Gesicht. Ich halte ganz still und genieße das Streicheln, den sanften Reiz auf meiner Haut.
    Jeden Abend war es so. Und zwar immer gleich.

Viele Jahre später, ich bin siebzehn Jahre alt, stehe ich an einem Freitagabend in der Wohnung meiner Schwester im Badezimmer vor dem Spiegel und schminke mich mit einem roten Lippenstift. Ich werde in die Disco gehen, wie so häufig in den vergangenen Monaten. Meine Schwester kommt hinein, sie sucht den Föhn. Im Spiegel beobachte ich, wie sie ins Regal fasst und sich zu mir umdreht. Dann treffen sich unsere Blicke. Schweigend schauen wir uns im Spiegel an, während ich mit dem Finger etwas Lippenstift von meiner Oberlippe entferne. Ich war wohl abgelenkt, als meine Schwester das Badezimmer betrat. Sie lächelt mich an.

»Hast du eine Erinnerung daran«, fragt sie mich, »wie ich damals dein Feuermal gestreichelt habe?«

Sofort sind die Bilder von damals in meinem Kopf. Ich, das kleine Kind. Wartend. Frierend. Das warme Licht. Mein Kissen. Meine Schwester. Ihre schöne Stimme. Das Streicheln auf meiner Haut. Das Gefühl, dass ich schlafen darf.

Ich spüre, dass ich weinen muss. Warme Tränen laufen meine Wangen hinunter.

»Ja«, sage ich, während ich mich zu ihr umdrehe. Sie nimmt mich in den Arm.

»Ich dachte immer«, fahre ich fort, »dass das Feuermal irgendwann weggeht, wenn du mich nur lange genug streichelst.«

Ich spüre ihr Gesicht an meinem Hals. Während sie mit ihrem Finger sanft über meine Oberlippe streichelt, schaut sie mich an. Ich sehe, dass sie etwas sagen möchte.

»Im Laufe der Jahre wird es blasser, das Feuermal. Aber es wird nie ganz verschwinden.«

## UNSICHTBARE ASCHE

Die Stille im Haus veränderte sich, nun, da meine Mutter in der Klinik war, umsorgt von Menschen, die für diese Arbeit entlohnt werden. Die beklemmende Stille pausierte, an ihre Stelle trat ein Gefühl der Ruhe, das Gefühl, der permanenten Anspannung entbunden zu sein. Ich verspürte keine Angst, wenn ich die Haustür aufschloss, schreckte nachts nicht hoch, wenn sie die Weinflaschen entkorkte, sah nicht mit Entsetzen zu, wie sie betrunken ins Auto stieg.

Während meine Mutter sehnsüchtig darauf wartete, dass sie wieder nach Hause kommt, dass sie ihr gewohntes Leben fortsetzen kann – es handelte sich nur noch um wenige Tage –, kroch die Angst wie ein Dämon an mir empor, schleichend, hinterhältig. Ich hätte meine Mutter für mein zukünftiges Leben nicht gebraucht. Sie war ohnehin abwesend, immer schon. Ich fühlte mich wie in einem stagnierendem Moratorium, da ich immer nur einen Gedanken im Kopf hatte: Meine gefühlte Belastung ist größer und mächtiger als das, was ich vermisse. Mein Wunsch nach einer abwesenden Mutter war gleichbedeutend mit dem Wunsch nach der fehlenden Begegnung. Die Verneinung der Resonanz. Und doch gab es sie, die Lust auf das Unbestimmte, auf ein Leben jenseits der Wand.

Wer keine Fragen mehr stellt, der entzieht sich dem Unbestimmten.

Es ist Samstag, ich sitze auf der Terrasse und lese, zwischendurch halte ich mein Gesicht in die Sonne. Mein Freund sitzt neben mir, aus den Kopfhörern seines Walkmans dringt Michael Jacksons *Beat it*[31] zu mir herüber. Seine Füße wippen im Takt der schnellen Musik, zwischendurch führt er die Limoflasche an seine Lippen und zieht am Strohhalm.

»Ein netter Junge ist das«, sagt mein Vater über ihn. »So höflich und zurückhaltend.«

Ich weiß genau, was mein Vater an ihm mag. Es sind seine guten Umgangsformen, sein angepasstes Äußeres. Er trägt eine Levis's Jeans, dazu ein weißes Polo-Shirt von Lacoste und schwarze Chucks. Wir sind gleich alt, er besucht die Parallelklasse. Im Frühling hat er mich in der Pause auf dem Schulhof angesprochen. Ich saß unter dem großen Kastanienbaum auf einer Bank. Meinen Kopf hatte ich leicht nach hinten geneigt und betrachtete die grünen Knospen.

»Du sitzt hier so ganz alleine. Darf ich dir Gesellschaft leisten?«

Diese gewählte Sprache. Untypisch für einen Fünfzehnjährigen. Mir gefiel es.

»Klar, gerne. Ist ja Platz genug«, antwortete ich und spürte, dass ich leicht errötete.

Eine Woche später, wir saßen wieder auf der Bank, fuhr er mit seinem Zeigefinger über mein Gesicht und zählte meine Sommersprossen.

»Hübsch bist zu«, sagte er und lächelte mich dabei an. Das gefiel mir noch mehr. Seitdem waren wir zusammen. Als er meinen Vater das erste Mal sah, hielt er ihm die Hand entgegen und sagte: »Guten Tag.« Das beeindruckte meinen Vater sehr. Es hätte mich irritieren können, dass er nicht *Hallo* oder *Hey* sagte.

Von der Seite sehe ich zu ihm herüber. Seine Augen sind geschlossen, während er mitsingt.

»They're out to get you, better leave while you can
don't wanna be a boy, you wanna be a man
[…]
so beat it, just beat it.«

Als ich ihn da sitzen sehe, das Polo-Shirt frisch gebügelt, seine Chucks sehen aus, als habe er sie gestern erst gekauft, spüre ich plötzlich, dass er mich langweilt. Mit einem Mal weiß ich gar nicht, warum er neben mir sitzt und Michael Jackson hört, während ich Milan Kunderas Roman *Die unerträgliche Leichtigkeit des Seins*[32] lese.

Der Protagonist, Tomas, vergegenwärtigt sich zu Beginn des Buches, nachdem er sich gefragt hatte, ob es wirkliche Liebe sei, die er für seine Geliebte

Teresa empfindet, oder lediglich eine imaginierte Liebe, »es sei eigentlich ganz normal, dass er nicht wisse, was er wolle. Man kann nie wissen, was man wollen soll, weil man nur ein Leben hat, das man weder mit früheren Leben vergleichen noch in späteren korrigieren kann.«[33]

Während ich spüre, wie meine Sommersprossen miteinander verschmelzen, wie das Sonnenlicht mein Gesicht bräunlich färbt – man kann es tatsächlich spüren, die Wärme dringt ins Innere des Körpers und strahlt von dort wieder nach außen auf die Haut –, frage ich mich, ob meine Mutter sich diese Frage auch stellt. Ob sie das Trinken wirklich will. Oder ob sie stattdessen etwas anderes will, sich jedoch mit dem Gedanken beruhigt, dass sie nie wissen kann, was sie wirklich will, weil sie nur dieses eine Leben hat, das keine Vergleiche kennt. Und so entscheidet sie von Moment zu Moment, von Gelegenheit zu Gelegenheit. Und offenbar ist ihre Wahl stets sehr eindeutig.

»Sie hat einen schwachen Willen«, hat mein Vater mal über meine Mutter gesagt. Er sagte das, weil sie nicht mit dem Trinken aufhören wollte. Hätte sie das Aufhören gewollt, wäre ihr Wille demnach stark gewesen. Warum sagte er dann nach dem Gespräch mit dem Psychologen »Sie will es so«? War er es am Ende, der nicht wusste, was er wollte? War das, was er für meine Mutter empfand, wirklich Liebe? Unter dem Deckmantel der Liebe lässt sich Vieles verstecken. Selbst das eigene Unvermögen. Mitunter ist man emotional abhängig von einem Menschen und nennt es *Liebe*.

Wie gebannt starre ich auf den Text des Buches, als ich meinen Freund plötzlich an seinem linken Oberarm fasse und kräftig schüttele.

»Hör mal, was hier steht! Was sagst du dazu?«, frage ich ihn. Ich sehe, wie er seinen Kopfhörer abnimmt und mich leicht genervt ansieht. Ich habe ihn offenbar gestört.

»Wirklich ernsthaft sind nämlich nur Fragen, die auch ein Kind stellen kann. Nur die naivsten Fragen sind wirklich ernsthaft. Es sind die Fragen, auf die es keine Antwort gibt. […] Gerade durch die Fragen, auf die es keine Antwort gibt, sind die Möglichkeiten des Menschen abgesteckt, die Grenzen seiner Existenz gezogen.«[34]

»Was ich dazu sage? Das ist Quatsch! Warum soll man Fragen stellen, auf die es keine Antwort gibt? Es ist doch viel besser, solche Fragen erst gar nicht zu stellen!«, sagt er, während er aufsteht und mit der Hand die Krümel von seiner Jeans streicht. Wir hatten Chips gegessen.

Für mich ist das kein Quatsch. Und die Fragen, die in meinem Kopf sind, gehen nicht weg. Die Unendlichkeit und die Weite des Weltalls sind für mich nicht vorstellbar. Für keinen Menschen. Sind das die Grenzen der Existenz? Und was ist mit den eigenen Möglichkeiten gemeint? Vielleicht beginnen die eigenen Möglichkeiten dort, wo die Antworten vermeintlich enden. Vielleicht enden die Antworten deshalb, weil man so verkrampft und verkopft nach den eigenen Möglichkeiten sucht. Was ist es denn, das uns Menschen möglich ist? Wenn der Psychologe sagt, es gebe keinen Sinn per se, ist es dann möglich, dass das, was in der Vergangenheit gewesen ist, auch anders sein könnte, als es damals war? Wie viel Wahres steckt im eigenen Erleben? Vielleicht beginnen die eigenen Möglichkeiten erst dann, wenn man sich der Welt öffnet.

Er stellt die leere Limoflasche auf den Tisch.

»Ich muss jetzt los. Mein Fußball-Training fängt gleich an«, sagt er und streicht sich die dunkelbraunen Locken hinter die Ohren. Seine Haare sind gerade so lang, dass sie an Ort und Stelle bleiben.

»Er ist so süß!«, sagen meine Freundinnen über ihn. Sie meinen seine dunklen Locken, seine Art, den Kopf leicht schräg zu legen, wenn er lächelt. Ja, er sieht süß aus. Aber er versteht mich nicht. Wenn wir uns küssen, fühlt es sich an, als habe er vorher in der *Bravo* gelesen, wie man es am besten anstellt. Eine Inszenierung der Gefühle. Mir macht das keinen Spaß. Da muss es noch mehr geben.

Ich bin froh, dass ich nun in Ruhe lesen kann. Ist es schon eine Lüge, wenn man nicht ausspricht, was man empfindet? Auch wenn dies so sein sollte, würde sich diese Lüge lediglich einreihen in die vielen anderen Unwahrheiten, schließlich wähnt er meine Mutter in einem Alpenhotel inmitten der Schweizer Berge. Ich hatte ihm erzählt, dass sie mal eine Auszeit benötigte. Ohne uns. Auch, wenn diese Auszeit ursprünglich als Familienurlaub geplant war. Das große Haus, die Arbeit in der Firma, all dies sei kräftezehrend. Als wäre diese Lüge nicht genug, fügte ich noch hinzu, dass ich mit den Bergen ohnehin nichts anfangen könne. Die Luft sei dort immer so dünn.

Die Wahrheit war und ist, dass ich nichts mehr liebe als die Berge. Die würzige Luft, die sich unsichtbar auf die eigene Haut legt, sodass man den Sommer riechen kann. Die bunten Schmetterlinge am Wegesrand, tanzend. Die Kraft der Sonne, die feuchte Haut. Der sanfte Schmerz in den Beinen kurz vor Erreichen des Gipfels. Die unfassbare Schönheit der Formen. Die Weite des Himmels. Das Alpenglühen am Abend, als stünde die Zeit still.

Während ich ihm hinterherschaue, wie er durch die Gartentür verschwindet, in der rechten Hand hält er sein Skateboard, denke ich an das, was Kundera schreibt: Wenn es keine Antworten gibt, enden die eigenen Möglichkeiten. Damit will ich mich nicht abfinden. Tomas, der Protagonist in Kunderas Roman, hat viele Affären. Eine unsichtbare Macht zieht ihn immer wieder zu den Frauen. Während ich den Text verschlinge und mich wundere über die Freiheit des Protagonisten, über derart viel Selbstverständlichkeit, höre ich meinen Vater aus dem Wohnzimmer rufen.

»Komm mal eben rein, du musst mir behilflich sein!«

Ich habe keine Lust. Ich will lesen, genau jetzt. Die amourösen Abenteuer des Protagonisten ziehen mich in ihren Bann. Ich lege das Buch zur Seite und stehe auf. Als ich das Haus betrete, kann ich für eine kurze Zeit nichts sehen. Die Intensität des Sonnenlichts wirkt noch nach. Mein Vater steht inmitten des Raumes, vor ihm ein Klapptischchen, darauf unser Projektor zum Abspielen der Super-Acht-Filme. Der Apparat ist ausgerichtet zur Leinwand, die er bereits in etwa vier Metern Entfernung aufgebaut hat.

»Halt mal den Apparat, damit er nicht umfällt«, sagt er. Einer der Stellfüße ist abgebrochen, daher hat er ein Buch darunter gelegt, damit der Projektor gerade steht.

»Jetzt kann ich das Band einfädeln und dann geht es los!«, ruft er begeistert. Während ich den Projektor mit beiden Händen festhalte, wird das Band der Spule langsam hineingezogen, bevor es auf der anderen Seite wieder herauskommt und mein Vater es in die leere Spule dreht.

»Was ist das denn für ein Film?«, frage ich ihn, während er zur Fensterfront geht und die Jalousien hinunterlässt. Wir haben unzählige Super-Acht-Filme. Mein Vater hat die Schutzhüllen alle sorgfältig beschriftet und bewahrt sie – chronologisch geordnet – in der Bibliothek auf, lichtgeschützt.

»Es sind Aufnahmen aus den Sechzigerjahren, da war deine Mutter noch ganz jung. Komm, setz dich, dann sehen wir uns den Film gemeinsam an!« Er fasst mich am Handgelenk und zieht mich neben sich, auf die Lehne seines Sessels. Ich weiß nicht, warum ich mir diesen Film ansehen soll. Eigentlich möchte ich lieber mein Buch weiterlesen. Der Projektor gibt ein rhythmisches Knarren von sich. Das Bild flackert, an den Rändern tauchen seltsame Formen auf, zackige Linien, die sich auf die Aufnahmen gelegt haben.

»Das sind Flusen«, sagt mein Vater. »Sie verschwinden gleich.«

Es erzeugt ein seltsames Gefühl, wenn man tonlose Filme sieht. Man achtet auf einmal viel mehr auf die Bilder. Auf die Bewegungen der Menschen. Auf die Mimik. In Gedanken fragt man sich, wie wohl der akustische Hintergrund zu den Bildern war. Ob es damals schon die Geräusche gab, die es heute auch gibt. Wie wohl die Stimme eines Menschen damals war. Ob sie sich verändert hat in all den Jahren.

Sechzigerjahre. Eine gepflegte Grünanlage inmitten einer deutschen Stadt. Begradigte Wege, sorgfältig bepflanzte Beete, Tulpen in Reih und Glied. Am Rand stehen Straßenlaternen, die einen geschwungenen Schirm tragen. Ein angelegter See, mittig ein Springbrunnen. Nichts deutet mehr darauf hin, dass das Kriegsende zwanzig Jahre zurückliegt. Kein Schutt, keine Asche. Lächelnde Menschen, bedächtig flanierend. Sonntagskleidung.

Meine Mutter. Sie trägt ein bordeauxrotes Kostüm, es endet in Höhe der Knie, dazu weiße, hochhackige Schuhe, vorn spitz zulaufend. Ihre dunklen Haare sind hochgesteckt. Mittig ihres Unterarms hängt eine kleine, schwarze Handtasche. In ihren Händen hält sie weiße Handschuhe. Sie lächelt in die Kamera. Ihre Lippen bewegen sich. Dann legt sie den Kopf leicht schräg, als sei sie verlegen. Sie dreht sich um und geht ein paar Meter. Nun dreht sie ihren Kopf wieder zur Kamera. Jetzt lacht sie und spricht, während sie wieder zurückgeht. Ihr Gang: Als habe sie vorher geübt, wie man sich auf dem Laufsteg bewegt.

Mein Vater stoppt das Band und lässt es rückwärts laufen. Fragend sehe ich ihn an.

»Das sind schöne Aufnahmen, wir sehen sie uns noch einmal an«, sagt er mit ruhiger, leicht trauriger Stimme. Das Band läuft von vorn.

Die Frau auf den Bildern ist mir fremd. Ich erkenne ihr Gesicht als dasjenige meiner Mutter, aber alles andere, ihre Mimik, ihr anmutiger Gang, ihr lächelndes Gesicht, sagt mir nichts. Ich bedaure, dass ich ihre Stimme nicht hören kann. Dass diese Aufnahmen tonlos sind, dass meine Mutter keine Stimme hat, dass ich lediglich raten kann, was sie wohl gesagt haben mag, macht mich mit einem Mal sehnsüchtig. Es ist grausam stimmig, dass sie etwas sagt, obwohl sie nicht spricht. Und dann frage ich mich, was wohl mit ihr geschehen sein mag, zwischen diesen wenigen Minuten der Aufnahmen und dem heutigen Tag, wie es sein kann, dass ein Mensch plötzlich verstummt. Dass das, was man mit eigenen Augen sehen kann, möglicherweise eine Täuschung ist, dass die Wirklichkeit nicht sichtbar sein muss, davon verstehe ich noch nichts.

Das Momenthafte, das uns affizieren kann, ist konstitutiv unverfügbar. Hinsichtlich einer potentiellen Wirkmächtigkeit entzieht es sich der eigenen Kontrolle. So beschreibt es der Soziologe und

Philosoph Hartmut Rosa. Ein momenthaftes Erleben geschieht und es ist die Resonanzfähigkeit des Menschen, die darüber entscheidet, ob wir mit der uns umgebenden Welt in einen Austausch treten können. Wer sich affizieren lässt, der zeigt eine Gefühlsregung, da er berührt wird, da das Erleben etwas mit ihm macht, da etwas in ihm in Bewegung gerät. Bewegung bedeutet Lebendigkeit – es gibt Erlebnisse, die uns nachhaltig berühren, die uns verwandeln, sodass wir das Gefühl haben, das Leben fühle sich anders an als zuvor. Rosa spricht in diesem Zusammenhang von einem *Moment der Anverwandlung*.[35]

Meine Tränen beim Anblick des Alpenglühens sind das äußere Zeichen einer tiefgreifenden Berührung, eines intuitiven Spürens einer von mir nicht zu artikulierenden Bedeutsamkeit. Es ist das Erleben dieser unbeschreiblichen Berührung, die mich lebendig fühlen lässt – über den situativen Moment hinaus.

Möglicherweise hat mein Vater einen solchen Moment erlebt, damals in den Sechzigerjahren, als er die Kamera in den Händen hielt, lächelnd, während er die Bewegungen meiner Mutter festgehalten, konserviert hat. Vielleicht hatte er ein flaues Gefühl im Bauch, weil er gespürt hat, dass er verliebt war. Nun sehe ich ihn im Sessel sitzen, während er auf die Leinwand starrt. Immer wieder will er diesen Filmausschnitt sehen, ihn aufsaugen, ihn verfügbar machen. Als könnte er die erinnerten Bilder über die Gegenwart legen, sie projizieren, mehrere Schichten, bis der Schmerz kleiner wird.

In den Folgejahren wird er sich diese Aufnahmen immer wieder ansehen, er wird versuchen sich zu erinnern, was meine Mutter wohl gesagt haben mag, er wird sich vergeblich bemühen, es an ihren Lippen abzulesen und er wird es sich zum Vorwurf machen, dass er es sich nicht gemerkt hat, damals, in den Sechzigerjahren.

Der Alkoholiker ist der lebendigen Resonanz beraubt. All seine Sehnsucht hat er projiziert in das Suchtmittel, sodass es ihm eine Antwort gebe. Er fürchtet das Unverfügbare, will nicht berührt werden, da er Berührungen nicht aushält. Er wünscht, sein Leben sei ihm verfügbar, sei unter Kontrolle, sodass er sich und seinen Schmerz nicht spüren muss. Je mehr er sich der Allverfügbarkeit des Suchtmittels bedient, je mehr er trinkt, je länger er siecht, desto mehr und desto schneller entgleitet ihm die Kontrolle, sodass ihm als einziger Resonanzpunkt nur noch die Droge und der Selbstverlust bleibt.

Als sie einige Wochen tot war, vielleicht waren es zwei Wochen, vielleicht vier, das Empfinden für die Zeit kann leicht abhandenkommen, stehe ich an ihrem Grab und schaue auf die nackte Erde, die noch immer aufgeschichtet dort liegt. Es dauert lang, länger als man denkt, bis all die Erde in die Tiefe gesackt ist, bis sie die Hohlräume gefüllt hat. Ich blicke nach unten und sehe ihr Gesicht, ihre sterbenden Augen, die so seltsam starr sind, trüb, erloschen. Und ich sehe mich, sitzend an ihrem Sterbebett, wissend um diesen letzten Moment und ich denke an das, was mein Vater zu mir sagte, nachdem ich ihn gefragt hatte, wie es sich anfühlt, nun, da sie tot ist: »Der Mensch hat einen Selbsterhaltungstrieb.«

Ich bücke mich und stelle das rote Grablicht neben die champagnerfarbenen Rosen, die Ränder der Blüten sind bereits bräunlich verfärbt, in meinen Händen halte ich das Feuerzeug, es ist kalt, es schneit, es weht ein eisiger Wind. Ich benötige mehrere Versuche, die Flamme erlischt, immer wieder, deshalb drehe ich das Grablicht in die Erde, sodass es nicht zur Seite fällt. Schützend halte ich meine Hand um den Docht, damit er sich entzündet. Als die Kerze brennt, lege ich den kupferfarbenen Deckel auf das Grablicht. Dann stehe ich auf. Ich bekreuzige mich, ohne zu wissen, warum. Ein Automatismus, übergegangen in Fleisch und Blut.

»Augen sind Resonanzfenster«, sagt Hartmut Rosa[36].

Ich denke an meine Tränen, damals in ihrer Todesnacht, wie sie fallen, leise, wie sie tropfen auf die Hände meiner Mutter. Und ich sehe mich, sitzend am Sterbebett, wie ich ihr in die Augen schaue, während ich an ihr junges, lächelndes Gesicht denke, damals, in den Sechzigerjahren, in den Filmaufnahmen meines Vaters, ich sehe sie sprechen und lachen und ich sehe mich, wie ich mit meinem Finger über ihre warme Haut fahre, zärtlich, wie ich ihre Hände halte, bis meine Tränen getrocknet sind.

## BLASSBLAUE ABSTRAKTION

»Das ist doch die Wirklichkeit!«, rief mein Vater, wenn er sich über die Sucht meiner Mutter erboste. Seine Stimme klang dann immer sehr energisch, als wolle er sich selbst hören, damit ihm der Inhalt des Gesagten mit Sicherheit gewahr würde. Es waren seltene Momente, in denen er diesen Satz sagte, aber es gab sie – Momente der Klarheit, der Erkenntnis, dass sich die Tatsache ihrer Sucht nicht verleugnen ließ. Er wollte mit seiner Aussage der subjektiven Erfahrung Ausdruck verleihen, dass die Sucht alles, was er wahrnahm, durchdrungen, durchtränkt hat – seine Wahrnehmung von Welt, von dem, was ihn umgab und damit in der Folge auch die Art und Weise seines Empfindens, da er selbst ebenso ein Teil der objektiven Wirklichkeit war. Die Sucht WAR die Wirklichkeit und bildete damit einen wesentlichen Teil der traurigen, subjektiven Wahrheit meines Vaters. Das Demonstrativpronomen *das* repräsentierte den Rahmen seines Lebens, für das er sich viele Jahre zuvor bewusst entschieden hatte. War es ihm überhaupt noch möglich, sich selbst inmitten dieses als wirklich und wahr empfundenen Lebens zu finden? War es mir selbst überhaupt jemals möglich?

Wenn man die Menschen verstehen möchte, ihre Äußerungen, ihre Sicht auf die Welt, dann sollte man sich die Mühe machen, ihre individuelle Wahrheit zu erkunden.

An einem Mittwoch wurde meine Mutter aus der Klinik entlassen. Dass es ein Mittwoch war, ist eigentlich absolut unwichtig. Es hätte genauso gut einer der anderen Wochentage sein können. Und doch merken wir uns diese Beiläufigkeiten, als verliehen sie dem eigentlichen Umstand eine höhere Bedeutung. Bei näherer Betrachtung fühlt es sich seltsam beengend an, dass unser ganzes Leben sich an sieben Wochentagen abspielt, wie in einer Endlosschleife. An einem Freitag bin ich geboren. An einem Donnerstag ist meine Mutter gestorben.

Als sich die Haustür öffnet, telefoniere ich mit meiner Freundin Ella. Sie und ihr Bruder Eric sind alleine zu Hause, ihre Eltern machen Urlaub in Dänemark, dem Land, das sie vor vielen Jahren aus beruflichen Gründen verlassen haben. Eric ist schon zwanzig Jahre alt und soll während der Abwesenheit der Eltern auf Ella aufpassen.

»So ein Unsinn«, sagt Ella, »ich kann selbst auf mich aufpassen. Aber ich habe Eric überredet, dass ich am Freitag mit in die Disco kommen kann. Das ist eine tolle Gelegenheit – kommst du auch mit?«

»Ich rufe dich gleich noch mal an, Ella«, sage ich, als ich die Stimmen meiner Eltern im Flur höre. »Meine Mutter kommt gerade aus dem Urlaub zurück.«

Wenn man die Wahrheit ein wenig zurechtbiegt und zeitgleich mehrere Menschen damit konfrontiert, sollte man sich für eine Version entscheiden, damit es nicht zu Unstimmigkeiten kommt. Mein Freund ging davon aus, dass meine Mutter im Urlaub war, dann sollte Ella das auch glauben. Ich lege den Hörer auf und bleibe einen Moment still sitzen. Obwohl mir gänzlich klar ist, dass meine Mutter am Tag ihrer Entlassung aus der Klinik nüchtern ist, spüre ich, wie sich ein Gefühl der Beklemmung um meinen Brustkorb legt. Ich möchte sitzen bleiben und mich nicht bewegen, aber ich weiß, dass ich aufstehen muss.
»Es riecht aber lecker!«, höre ich meine Mutter sagen, nachdem sie ihre Reisetasche neben der Garderobe abgestellt hat und zielstrebig auf die Küche zusteuert. Meine Schwester, die seit heute Morgen ausgesprochen guter Laune ist, da sie nun zunächst den ihr auferlegten Pflichten wieder entbunden sein wird, hat das Lieblingsessen meiner Mutter zubereitet. Es gibt Sauerbraten mit Klößen und Rotkohl.

Sie sieht gut aus, erholt. Ihre Gesichtshaut wirkt glatt, ihre Augen sind glasklar. Jeder, ausnahmslos jeder wird es glauben, dass sie für einige Zeit in den Schweizer Alpen war. Die fehlende Bräune wird sie in den nächsten Tagen kompensieren können. Die Wettervorhersage verspricht dreißig Grad und Sonne pur.

Zur Begrüßung und Verabschiedung habe ich meine Mutter stets umarmt. Wohl deshalb, weil es sich so gehörte, weil es einen unausgesprochenen Code gab, der ein Verhalten vorgab. Es waren kurze Berührungen, flüchtig, mechanisch. An andere Berührungen meiner Mutter habe ich keine Erinnerungen. Wenn es keine Erinnerungen gibt, gibt es auch keine Empfindungen. Wenn es keine Empfindungen gibt, gibt es keine Erinnerungen. Und so bleiben mir nur diese Momente, in denen ich ihren Körper spüren konnte. Die Begrüßungen und die Verabschiedungen.

Ich gehe auf sie zu, führe meinen Kopf links an ihrem vorbei und lege dabei meinen linken Arm um ihren Rücken.
»Schön, dass du wieder da bist«, höre ich mich sagen und spüre, wie meine Atmung flach wird. Wie gerne würde ich es aufrichtig meinen, aber die Wirklichkeit, meine subjektive Wirklichkeit, hindert mich daran. Ihr Körper fühlt sich weich an, unter meiner Hand fühle ich die Wärme. Ich rieche ihr Parfum, es trägt den Duft des Sommers, das Blumige, Helle, Bunte.

*  *  *

Als sie tot war, habe ich das Parfumfläschchen in ihrem Badezimmer stehen sehen. Lediglich einige Tropfen sammelten sich noch am Boden des Glases. Ich habe es mitgenommen und neben den kleinen Spiegel gestellt, der auf meiner Kommode steht. Manchmal, noch immer, im Vorbeigehen, öffne ich den Deckel und rieche an der Flasche. Es gibt etliche Frauen, die dieses Parfum benutzen. Für mich ist es der Geruch meiner Mutter. Wie einfach es ist, Bilder zu erzeugen, wenn man die Augen schließt. Ich sehe meine Hand, die sich auf ihren Rücken legt. Meine Hände, die ihre sterbenden Hände halten. Wie sehr wir zwangsläufig von den Bildern leben, wenn die Materie verschwunden ist.

In den Folgejahren wird es Realität sein, das Auf und Ab, das Lügen, die Fassade. Sie wird oft betrunken sein und sie wird nüchterne Phasen haben, in denen ich verzweifelt versuchen werde, meine Mutter zu erkunden, herauszufinden, wer sie ist, was sie fühlt. Erst später werde ich verstehen, dass sie krank war und blieb, auch, wenn sie zeitweise nüchtern war. Solange sie lebte, habe ich sie immer gesucht, aber niemals gefunden. Zwischen uns lagen unsere je eigenen Welten. Sie hielt mich auf Abstand. Je mehr Resonanz ich mir wünschte, desto weiter rückte sie weg. Meine Antwort auf diese fehlende Resonanz war eine psychologische Distanz. Ich rückte meine Mutter im Geiste weg, damit ich sie aus der Ferne betrachten konnte. Dabei war dieses Vorgehen lediglich eine mentale Repräsentation der Tatsache, dass meine Mutter für mich unerreichbar war. Ich suchte den mentalen Abstand und spürte zunehmend meine Freude an der Abstraktion. Der Preis war meine emotionale Selbstverleugnung, die schlimmste aller Lügen. Ich tat nichts anderes als das, was meine Mutter zeit ihres Lebens getan hat. Mit dem Unterschied, dass ich nicht süchtig wurde. Vielleicht dachte ich, gar nicht bewusst, dass ich meinen Schmerz aushalten kann, dass er kleiner wird, wenn ich das große Ganze betrachte, wenn ich die Zusammenhänge im Geiste ausbreite.

Der Zweite Weltkrieg. Meine Mutter als kleines Kind, traumatisiert. Das kollektive Schweigen. Das Weiterleben, egal wie. Deutschland im Aufbruch. Die Nachkriegsjahre. Sich schick machen, edel aussehen. Die Wunden verschließen. Konsumieren, das erste Sofa, das erste Auto, den Alkohol. Lächeln, wenn man fotografiert wird. Den eigenen Schmerz spüren, die Angst. Weinen wollen, aber es sich versagen. Hart werden. Die Tränen herunterschlucken. Sich selbst nicht verstehen, dafür die Welt verstehen wollen. Bücher kaufen, lesen. Wissen anhäufen. Weiter konsumieren, ein bordeauxrotes Kostüm, weil man weiß, dass die Anderen es schön finden. Kinder bekommen, wie das alle tun, und damit der transgenerationalen Weitergabe bereitwillig Tür und Tor öffnen. Sich selbst nicht aushalten. Sich endlich leicht fühlen, aber nur, wenn man trinkt. Tun, was von einem erwartet wird. Etwas schaffen, den Schmerz wegarbeiten. Die Dosis steigern, mehr, immer weiter, bis zum Kontrollverlust. Das eigene Leben in fremde Hände legen. Nicht spüren, dass die eigenen Kinder leiden, weil man sich selbst nicht spürt.

Bei allem, was ich wusste – der Psychologe hatte es vor vielen Jahren gesagt –, war die statistische Wahrscheinlichkeit einer Folgeerkrankung bei Alkoholismus sehr hoch. Die weitere Entwicklung war hinsichtlich des Ziels sicher – sie würde an den Folgen der Sucht sterben –, jedoch hatte ich keine Auffassung von der zeitlichen Dimension. Ich bildete mir ein, dass es nicht so schlimm für mich werden würde, da ich schließlich wusste, was mich erwarten würde. Ich würde es aushalten können.

Mir fiel ein, dass der Psychologe das Korsakow-Syndrom erwähnt hatte. Ich malte mir aus, wie es konkret aussehen könnte, wenn ihr Geist das Spiel nicht mehr mitspielt. Sie würde zusammenhanglose Sätze formulieren. Sie würde mittags nicht mehr wissen, dass sie morgens bereits Wein getrunken hat. Alles, was noch folgen würde, würde lediglich eine Steigerung dessen sein, was ohnehin schon da war. Eine logische Konsequenz.

Ich war emotional taub und spürte es nicht. Ich hatte Angst, mich zu spüren. Ohne das Spüren der eigenen Empfindungen ist das abstrakte Denken wertlos. Alles Denken, sei es noch so differenziert, verharrt als Ausdruck des Intellekts in sich selbst, regungslos, starr, sofern der Wille fehlt. Wenn, wie Schopenhauer sagt, der Wille metaphysisch ist[37], ist dann der Intellekt nicht lediglich eine sekundäre Erscheinung, dem Willen unterstellt? Es ist der Wille, der die Erkenntnis leitet.

Ich habe mich von meiner Mutter abgelehnt gefühlt. So sehr, dass ich es kaum aushielt. Und manchmal dachte ich, es wäre besser, nichts spüren zu müssen. Tot zu sein. Einfach morgens nicht mehr aufzuwachen, ein leiser Tod, als würde ich einfach von dieser Welt verschwinden, fast unmerklich, da ich mich ohnehin nicht existent fühlte. Wenn der Schlaf ein Willensakt ist, ein Ausdruck für unsere Lebensenergie, da wir ohne Schlaf nicht existieren können, wollte ich dann nicht vielmehr leben?

Die Theorie der Kipppunkte[38] besagt, dass es innerhalb von Systemen bestimmte Grenzwerte gibt.

Werden diese überschritten, so geschehen Veränderungen, die zunächst nicht spür- oder sichtbar sein müssen. Jedoch führen diese Veränderungen zu einer irreversiblen Abkehr der bisher erfolgten Entwicklung. Während der Kipppunkt innerhalb des Systems Suchtfamilie schon recht früh einsetzt – ein krankes System kann keine gesunden Beziehungen generieren –, ist der individuelle Kipppunkt vermeintlich schwieriger zu bestimmen. Wann genau setzt er ein? Wenn man die falsche Berufswahl trifft? Wenn man Beziehungen zu Menschen pflegt, die einem nicht guttun? Wenn man – so wie ich – beschließt, dass es besser ist, ausschließlich in der inneren Stille zu leben, da dies ein sicherer Ort ist? Der individuelle Kipppunkt richtet sich wahrscheinlich nach der jeweiligen Persönlichkeit, die Auswirkungen des Suchtsystems sind für den Einzelnen demnach verschieden. Das Einende jedoch ist die Tatsache, sich dem Suchtsystem nicht entziehen zu können, verstrickt zu sein, weil man nichts anderes kennt, weil man annehmen muss, dass das, was einen umgibt, die alleinige Wirklichkeit ist. Man sollte erkennen, dass man in der Unwahrheit lebt, solange man suchtimmanent denkt und fühlt.

Die Verstrickung lässt sich nur auflösen, indem man das Suchtsystem verlässt. Und so gibt es auch einen Kipppunkt, der – entgegen der ursprünglich gedachten Theorie – in eine positive Entwicklung führt: zu erkennen, dass man verstrickt war, mehr noch, dass man gar nicht anders konnte, als verstrickt zu sein. Den Schmerz zu fühlen, die Ablehnung, die Verlassenheit, zu weinen und zu erfahren, dass der gefühlte Schmerz nicht in die Vernichtung führt, sondern in die Lebendigkeit, weil er unmittelbar ist, weil er anzeigt, dass ich emotional ansprechbar bin, weil er zu mir gehört, weil er mich öffnet, von innen heraus, tiefgreifend.

\* \* \*

Nach dem Mittagessen nehme ich das olivgrüne Telefon von der Kommode, ziehe das Kabel unter der Zimmertür hindurch und lege mich auf mein Bett. Meine Mutter kann es nicht gut haben, wenn ich länger telefoniere. Ich weiß nicht, was sie daran so sehr stört. »Du hast jetzt lange genug telefoniert«, sagte sie stets, wenn sie meine Zimmertür öffnete und ich nur ihren Kopf sehen konnte. Warum wollte sie verfügen, dass ich alles gesagt hatte?

»Also, noch einmal«, sagt Ella. »Am Freitag gehe ich mit Eric in die *Ville Lumière*, sie spielen Techno-Musik. Um zwanzig Uhr wollen wir los, das wird ein Riesenspaß!«

Ich war noch nie in einer Disco. Und es ist völlig klar, dass mein Vater mir das nicht erlauben wird.

»Wie stellst du dir das vor, Ella? Mein Vater wird ausflippen, wenn ich ihm sage, dass ich mit dir in die Disco gehen will«, sage ich zu ihr. Ich spreche absichtlich leise, damit mich niemand im Haus hört. Ella lacht in den Hörer.

»Du wirst ihm natürlich nicht die Wahrheit sagen. Sag einfach, dass ich dich zu einem Videoabend eingeladen habe.«

Es ist entlastend, wenn man herausfindet, dass auch andere Menschen stellenweise lügen. Wobei Ella in diesem Fall lediglich die Ideengeberin ist. Dass ich meinen Vater anlügen muss, damit ich in die Disco gehen kann, fühlt sich nicht gut an. Zusätzlich spüre ich meine Unsicherheit, weil ich nicht weiß, was mich erwartet in der *Ville Lumière*. Gleichzeitig fühlt es sich prickelnd an.

»Ok, gut, ich komme mit«, sage ich zu Ella. »Um neunzehn Uhr bin ich bei dir.«

Mein Vater kommt jeden Abend gegen zwanzig Uhr nach Hause. Er stellt seinen Aktenkoffer neben den großen Spiegel, zieht sich das Jackett aus, greift nach einem Kleiderbügel, legt das Jackett darüber, hängt den Bügel an die Garderobe und lockert mit der rechten Hand seine Krawatte.

Das Lügen ist einfacher, wenn das Gegenüber mit anderen Dingen beschäftigt ist, während man selbst spricht. Am allereinfachsten ist es, wenn man sich dabei nicht in die Augen schaut. Also warte ich nicht, bis er sein Jackett ausgezogen hat, sondern lege direkt los.

»Ella hat mich zu einem Videoabend eingeladen. Vielleicht wollen wir auch Pizza essen gehen. Ich kann bei ihr übernachten.«

Mein Vater sagt nichts. Ich beobachte, wie er den Kleiderbügel an die Garderobe hängt. Er hängt ihn immer an die gleiche Stelle. Jeden Abend. Seine grünen Augen sehen kleiner aus als sonst. Seit einigen Wochen fällt mir dies schon auf. Offenbar ist er sehr müde.

»Was für ein Video wollt ihr euch denn ansehen?«, fragt er mich, während er kurz in den Spiegel blickt. Auf diese Frage bin ich nicht vorbereitet.

»Wir überlegen noch«, sage ich schnell. »Ella hat eine große Sammlung.«

»Mach das ruhig, es sind schließlich Ferien.« Er dreht sich zu mir um. Lächelnd gehe ich auf ihn zu. Ich stelle mich auf meine Zehenspitzen und küsse ihn auf die linke Wange.

»Ich brauche noch ein bisschen Geld für die Pizza«, flüstere ich ihm zu.

Er legt seinen Aktenkoffer auf die Kommode und öffnet mit beiden Händen die Verschlüsse. Mit einem synchronen Klacken springen sie nach oben. Dann klappt er den Koffer auf und nimmt seine Geldbörse heraus.

»Ich habe nur hundert Mark«, sagt er, während er mit den Fingern durch die verschiedenen Fächer fährt. »Du kannst Ella einladen, wenn ihr Pizza essen geht.« Er lächelt mich an und hält mir den Geldschein entgegen.
Ich fühle mich schlecht. Schuldig. Das Lügen, das aktive Vorenthalten der Wahrheit, ist eine Zumutung. Er legt die Geldbörse zurück in den Koffer, klappt ihn zu, schließt die Verschlüsse und zieht den Koffer mit der rechten Hand von der Kommode. Ich sehe ihm nach, wie er in die Bibliothek geht, begleitet von dem Geräusch, das die Ledersohlen seiner Schuhe auf dem Parkett hinterlassen.

Viele Jahre später, nach dem Tod meiner Mutter, als ich mit meinem Vater über das spreche, was er stets als *früher* bezeichnet hat – *früher* als Synonym für all das, an das man sich erinnert, wenn man in sein eigenes Leben zurückblickt –, sehe ich ihn lächeln, während er mich ansieht und sagt: »Du wusstest genau, wie du deinen Willen durchsetzen konntest.« Eigentlich meinte er damit, dass er meiner sanften Manipulation nicht widerstehen konnte. Einen eigenen, zielgerichteten Willen hatte ich nicht. Ich konnte ihn gar nicht haben. Weil ich mich selbst nicht gespürt habe, wusste ich nur, was ich nicht wollte. Zu wissen, was man nicht will, kann jedoch niemals offenbaren, was man will.

Da ich keine Ahnung habe, was man bei einem Discobesuch anzieht, stecke ich einige Oberteile zur Auswahl in meinen Rucksack. Ella kann mich bestimmt beraten. Sie ist ein Jahr älter als ich und sieht schon so erwachsen aus. Ihr hellblondes, glattes Haar fällt sanft auf ihre Schultern, ihre Gesichtshaut ist fast weiß. Während der Sommermonate geht sie nie ohne Sonnenschutzcreme nach draußen. »Fünf Minuten dauert es«, sagt sie. »Dann ist meine Haut verbrannt.« Eric hat auch solch eine helle Gesichtshaut. Seine Haare sind etwas dunkler als die von Ella. Und sie sind leicht gelockt. Das mag ich.

Ich hole die T-Shirts aus meinem Rucksack und lege sie nebeneinander auf den Teppich.

»Schon entschieden«, sagt Ella, während ich als Letztes mein rotes Lieblings-Shirt herausziehe.

»Zieh das schwarze Oberteil an. Schwarz hat etwas Geheimnisvolles. Und es steht dir gut.« Ella nimmt das T-Shirt in ihre Hände und hält es vor meinen Körper, dabei nickt sie zustimmend. Sie selbst trägt eine Jeans, so wie ich auch, dazu ein dunkelblaues, enges T-Shirt.

»Ich würde auch gerne ein schwarzes T-Shirt anziehen, aber zu meinen hellen Haaren sieht es nicht aus. Der Kontrast ist zu heftig.« Sie dreht sich vor dem Spiegel, um sich von allen Seiten betrachten zu können. Ich weiß nicht, ob sie recht hat. Aber ich vertraue ihrer Meinung.

Vor dem Eingang der Disco stehen die Menschen in Grüppchen zusammen. Sie lachen, einige rauchen. Wir gehen durch dicke Rauchschwaden, ich halte die Luft an.

Vor einigen Monaten hielt mir Ella am Rande des Schulhofs eine Zigarette entgegen.
»Nimm mal einen Zug«, sagte sie. Ich wollte nicht, aber um uns herum standen alle unsere Klassenkameraden. Ich wollte mir keine Blöße geben, also steckte ich die Zigarette zwischen meine Lippen und atmete ein. Sofort wurde mir übel.
»Nicht mein Ding«, sagte ich und gab Ella die Zigarette zurück. Ich fand es schlimm genug, dass mein Vater Zigaretten rauchte. Es war mir absolut unverständlich, was daran anregend sein sollte.

Ich blicke mich um. Die Frauen sind stark geschminkt, ihre Augen sind schwarz umrandet, die Lider wahlweise blau oder rot. Ella meinte, dass ich nur etwas roten Lippenstift auftragen soll.
»Sehr dezent, verstehst du?«, fragte sie mich, während ich mit leicht geöffnetem Mund vor ihr saß und sie mich schminkte. Ihr Gesicht war ganz nah an meinem. Ich sah ihre makellose Haut und ihre hellblauen Augen. Sie kaute ein Frucht-Kaugummi, es roch nach Erdbeere, lächelnd neigte sie ihren Kopf nach hinten und pustete leicht. Eine

große Blase kam aus ihrem Mund. Als sie platzte, begleitet von einem ploppenden Geräusch, lachten wir. Ich fühlte das Leichte, das Unbeschwerte. Und während ich es fühlte, schlich sich gleichzeitig die Schwere in meinen Kopf.

Irgendwann später, nach dem Tod meiner Mutter, habe ich verstanden, dass das Schwere und das Leichte zusammengehören, dass es im Leben darum geht, beide Pole zu jonglieren, sich frei zwischen diesen beiden Enden zu bewegen, zu fluktuieren, dass das ganze Leben aus diesen Polen besteht, aus Wachen und Schlafen, Lachen und Weinen, Sommer und Winter, Werden und Vergehen, Leben und Sterben.

Inmitten der stark geschminkten Frauen fühle ich mich unwohl. Deplatziert. Außerdem habe ich das Gefühl, dass ich die Jüngste bin.
»Lass mich das mal machen«, sagt Eric zu mir, als mir klar wird, dass man mich als Fünfzehnjährige wohl kaum in die Disco lassen wird. Er legt seinen Arm um mich und lotst mich am Kassenbereich vorbei. »Die Kleine gehört zu mir«, ruft er, während er den Kassierer mit einem Handschlag begrüßt. Offenbar kennen sie sich.

Die Kleine. Die Süße. Wie sehr ich das hasse. Hier dient es einem Zweck, schließlich will ich in diese

Disco kommen, aber dennoch kann ich es nicht haben, wenn man so über mich spricht. Ich fühle mich so seltsam reduziert auf ein Bild, das Andere sehen wollen, ohne dass sie wissen, wer ich wirklich bin. Da ich selbst kaum weiß, wer ich bin, sondern lediglich eine Ahnung habe, dass ich mehr bin als die süße Kleine, spiele ich mit.

Ich bin umgeben von wummernden Bässen. Das muss die Techno-Musik sein, von der Ella gesprochen hat. Mir ist das alles fremd. Ich höre immer nur die Musik, die meine älteren Geschwister auch hören. Supertramp. Genesis. Pink Floyd. U2. Marillion.
»Die Musik ist voll uncool!«, sagt Ella. Ich sehe das anders. Besonders die Liedtexte von Marillion haben es mir angetan. Einige Lieder klingen lyrisch und melancholisch. Ella macht sich immer etwas lustig über mich, wenn ich mitsinge.

»We live out lives in private shells
ignore our senses and fool ourselves
[...]
we're clutching at straws
we're still drowning
clutching at straws.«[39]

»Ich fange gleich an zu heulen, hör auf!«, sagt Ella leicht affektiert, während sie mir zuhört. Das unterscheidet Ella und mich. Ella tut nur so, als müsse sie weinen. Ich weine tatsächlich, wenn ich die Musik höre. Aber immer nur, wenn ich alleine bin.

Ich kann fast nichts sehen, als wir uns durch die schmalen Gänge in Richtung des Tanzbereichs bewegen. Wir sind umgeben von Zigarettenqualm, überall stehen Männer und Frauen. Zwangsläufig berühren sich die Körper, wenn man aneinander vorbeigehen möchte, weil es so eng ist. Ich spüre die warmen, schwitzenden Menschen, ich rieche das Parfum der Frauen, das sich vermischt mit dem Rasierwasser der Männer. Ella ist ganz aufgeregt und zieht mich hinter sich her. Ich schließe kurz meine Augen und atme tief ein. Die Gerüche erregen mich, ein prickelnder Schauer fährt durch meinen Körper.

»Komm, lass uns tanzen!«, ruft Ella mir zu, während sich ihr Gang beschleunigt.

Ich möchte all die tanzenden Menschen erst mal ganz in Ruhe ansehen, möchte die Atmosphäre spüren, weiter tief einatmen.

»Lass uns erst was trinken«, sage ich und ziehe sie in Richtung der Bar.

Wir setzen uns und bestellen eine Cola. Der Barkeeper steckt eine Zitronenscheibe an die Ränder der Gläser und lässt einen Strohhalm hineingleiten. Er schaut mich an.

»Darfst du überhaupt zu dieser späten Stunde noch alleine unterwegs sein?« Ein breites Grinsen zeichnet sich auf seinem Gesicht ab. Ich greife nach dem Glas und drehe mich mit dem Barstuhl um 180 Grad, sodass er nur noch meinen Rücken sieht.

»Mach dir nichts draus«, sagt Ella. Sie führt den Strohhalm zwischen ihre lila geschminkten Lippen.

»Du hast gut reden«, entgegne ich und sehe ihr zu, wie sie mit einem Zug ein Drittel der Cola trinkt.

Meine Blicke wandern im Raum umher. Die Tanzfläche liegt einige Stufen tiefer. Ich beobachte die Menschen, wie sie ihre Körper zu den Rhythmen der Techno-Musik bewegen. Die Bewegungen ähneln sich, es sind diese eintönigen, schnell wiederkehrenden Rhythmen der Musik, die wenig individuellen Spielraum lassen.

Ich brauchte einige dieser Disco-Besuche, um zu verstehen, dass es mit der Techno-Musik anders war, als ich es bisher kannte. Diese seelenlose Musik führte dazu, dass ich vom Nachdenken befreit war. Und auch die Traurigkeit war weg. Ich ließ mich mitziehen von der Stimmung, von den Menschen, die augenscheinlich nur noch aus ihren Körpern bestanden.

Ella stellt das Cola-Glas auf den Tresen und steht auf. Als sie nach meiner Hand greift, bleibt mein

Blick plötzlich stehen, fixiert auf das andere Ende des Raumes, gegenüber der Bar. Dort sitzt ein Mann und sieht mich an. Seine Augen sehen ernst und nachdenklich aus, er trägt ein weißes T-Shirt. Er grinst nicht, er lacht nicht, er verzieht keine Miene. Ella will tanzen. Ein zweites Mal kann ich sie nicht vertrösten. Also lasse ich mich von ihr auf die Tanzfläche ziehen. Ich fühle mich unsicher. Beobachtet. Ich versuche, ihn nicht anzusehen. Während ich meinen Körper bewege, mich treiben lasse von der Masse, hinter dem Lärm verschwinde, ist die Schwere weg. Wir schweben, Ella und ich, fassen uns an den Händen, ziehen uns abwechselnd nah an unsere Körper und geben uns wieder frei. Ich spüre, dass er mich immer noch ansieht. Je länger wir tanzen, desto mehr verliere ich meine anfängliche Unsicherheit. Es gibt keine Pausen zwischen den Liedern, sie gehen nahtlos ineinander über. Ich lache, ich spüre meine Haare, die sich während des Tanzens auf mein Gesicht legen. Die Zeit steht still. Vielleicht vergeht eine Stunde, vielleicht sind es zwei. Dann haben wir Durst. Als wir zur Bar gehen, ist er weg. Ich sehe mich um, kann ihn jedoch nirgends mehr sehen. Zu Ella sage ich nichts. So oder so wüsste ich nicht, was ich ihr sagen sollte. Eigentlich war gar nichts geschehen.

Gegen drei Uhr morgens zieht Eric uns von der Tanzfläche.

»Genug für heute, ihr beiden!« Er lächelt uns an. Ich bin müde und ich bin wach. Es ist beides. Ich fühle mich unglaublich lebendig, in meinen Beinen spüre ich ein Ziehen, als habe ich Muskelkater.

Das Taxi kutschiert uns durch die Nacht. Inmitten der Stille höre ich einen hohen Ton, den Nachhall der lauten Musik. Der Himmel ist sternenklar. Ich genieße, dass wir schweigen. Als meine Augen zufallen, denke ich an die schönen Augen des Unbekannten. Dann schlafe ich ein.

Viele Jahre später sehe ich es erstmals, das Foto unserer Erde, aufgenommen am 14. Februar 1990 von der Raumsonde Voyager 1. Das Bild trägt den Namen *Pale blue dot*.[40] Ich sitze auf meinem Bett und blättere in einem Astronomie-Fotoband meiner Mutter, da taucht es plötzlich auf. Ich halte das Buch ganz nah vor meine Augen. Zu sehen ist nur ein kleiner Punkt. Ich spüre meine Erregung.

An beliebiger Stelle auf diesem Punkt bin auch ich, am 14. Februar 1990. Vielleicht schlafe ich. Oder ich sitze im Klassenraum. Möglicherweise sitze ich mit meinen Eltern und meinem jüngeren Bruder am Mittagstisch. Es kann sein, dass ich träume. Es kann sein, dass ich traurig bin. Und auf diesem blassblauen Punkt ist noch so viel mehr. Da ist die Geschichte meiner Eltern, ihrer Eltern, meiner Urgroßeltern. Da sind die Kriege, die

Gräuel, die Massaker. Während der Fotoaufnahme wurden Kinder gezeugt. Menschen haben sich suizidiert. Verliebte gingen Hand in Hand durch die Straßen.

Da ist meine Zukunft, die ich bisher nicht kenne, meine Vorstellung von der Welt. Die Farben und Formen, mein Lebenswille. So abstrakt ich es auch denken mag, ich kehre immer wieder zu mir zurück.

## Die bebilderte Scham

Ein Mensch sammelt im Laufe seines Lebens unzählige innere Bilder, Repräsentationen der vergangenen Zeit. Er trägt sie stets mit sich herum, sie legen sich in Schichten übereinander. Manchmal, wie aus dem Nichts, tauchen sie auf. Würde man sie zeichnen können, erzählten sie die Geschichte einer subjektiven Wahrheit, einer Wahrheit, die das Resultat vergangener Momente ist. Alles, was wir erzählen, bleibt der Versuch einer konstruierten Wirklichkeit. Wenn wir unsere innere Stimme hören, dann erzählt sie von den Bildern. Dann spüren wir, dass wir traurig sind. Oder beschämt. Dann werden die Bilder für einen kurzen Moment lebendig. Viele Bilder überdauern die Zeit. Sie sind mächtig, deshalb empfinden wir sie als wahrhaftig. Und so ist es mit den Bildern, denen wir eine Macht einräumen: Sie bestimmen über uns, sie berauben uns der Freiheit. Es gibt Bilder, die im Laufe des Lebens blasser werden und nur noch vereinzelt auftauchen. Manche Bilder verabschieden sich. Man wollte sie noch festhalten, verewigen, doch plötzlich sind sie entschwunden. Es gibt Bilder, die in unseren Träumen auftauchen, immer mal wieder. Es gibt Bilder, die wie eine Fotografie im Gedächtnis abgebildet sind, statisch, stumm, manche in Farbe, einige in Schwarz-Weiß.

Wir nehmen an, dass die Bilder nur uns gehören. Wir glauben, wir könnten die Bilder in uns verschwinden lassen, sie hinunterschlucken, da sie ohnehin für niemanden sichtbar sind. Wir nehmen an, wir könnten sie verheimlichen, verschweigen, so wie alles andere, das wir selbst nicht sehen wollen. Wir glauben fest daran, dass die Bilder verschwinden, wenn wir sterben, dass sie sich allmählich auflösen, zerfallen, wie unsere Körper, dass sie in einen Ursprungszustand zurückgehen, als habe es sie nie gegeben. Es ist dieser Glaube, der uns über Generationen hinweg Lügen straft.

Was wir auch tun oder nicht tun, eines Tages wird die Zeit vergangen sein. Vielleicht spricht man daher von einer geschenkten Zeit – damit wir uns daran erinnern, alle Momente unseres Lebens besser zu würdigen. Ein Moment der Würdigung ist ebenso ein Moment der Achtsamkeit. In unserer Wahrnehmung verlangsamt sich die Zeit, wenn wir uns bewusst werden, dass es der Moment ist, der zählt. In der Rückschau gelebter Jahre entsteht so eine Essenz, die subjektive Wahrheit.

Der süchtige Mensch hält das Innehalten, das Fokussieren nicht aus. Die Betäubung staucht die Zeit zusammen, sodass in der Rückschau eine inhalts- und sinnlose Verdichtung verbleibt, eine Akkumulation unterschiedsloser Jahre. Was für den Süchtigen das Suchtmittel ist, ist für den

Angehörigen die Sorge, das Kümmern, das Kreisen um das Immergleiche. Das ist die Tragik: Wenn ich zurückblicke, sehe ich meine vergangenen Jahre. Und jedes Mal, wenn ich versuche, mich selbst zu finden in all diesen Bildern, dann wird es still in mir.

»Musst du das wirklich aufschreiben?«, fragt Ella mich, als ich ihr erzähle, dass es für mich darauf ankommt, Worte für das Unsagbare zu finden.

»Meine Mutter hat mich mit meiner eigenen Scham zurückgelassen, Ella. Ich kann nun wählen, ob ich schweige oder spreche. Ich will verstehen, was die Essenz ist. Die Bilder an sich sind statisch, sie beinhalten noch keine Essenz. Erst die Sprache legt sie frei. Es sind die Worte, die das Schweigen beenden. Verstehst du?« Die Sonne scheint mir ins Gesicht. Ich kneife meine Augen zusammen, damit ich Ella ansehen kann.

»Worte können ein Bild auch zerstören. Ich wollte es nicht glauben, damals, als du mir erzählt hast, dass deine Mutter suchtkrank ist. Ich hatte ein ganz anderes Bild von ihr.« Sie nimmt die Kaffeetasse und setzt sie an die Lippen. Dann hält sie kurz inne und stellt die Tasse wieder auf den Tisch.

Sie hat recht mit dem, was sie sagt. Worte, die ein inneres Bild zerstören, dienen der Offenbarung der Wahrheit. Aber es ist noch mehr. Worte können mächtig sein. Und sie können die Macht eines Bildes zementieren. Bilder und Worte können untrennbar miteinander verbunden sein. Zusammen ergeben sie dann das Schweigen. Das beschämte Schweigen. Das gleichgültige Schweigen.

»Das Bild, das du hattest, war das Resultat einer stillschweigenden Übereinkunft, dass man über Scham nicht spricht.« Ich lehne mich zurück und atme tief aus. Mein Gefühl sagt mir, dass ich eine treffende Formulierung gefunden habe.

»Du meinst, dass es einen Zusammenhang gibt zwischen Scham und Schweigen? Dass das Schweigen gleichbedeutend sein kann mit einem statischen Bild? Demnach können Worte ein Bild in Bewegung bringen?« Sie schaut mich sehr ernst an. So schaut sie immer, wenn sie nachdenkt. Mir gefällt das.

»Ja, davon bin ich überzeugt. Aber es ist wichtig, das Schweigen genau zu definieren, zu sagen, über welche Art des Schweigens man spricht, da es ein Bedingungsgefüge gibt. Und es ist wichtig, sich zu überlegen, was man mit dem Begriff konnotiert«, sage ich und sehe, dass Ellas Augen funkeln. Ich spüre, dass es nun spannend wird.

Das beschämte Schweigen ist das Schweigen desjenigen, der innerlich verschwinden möchte, der das Gefühl hat, seine Grenzen lösten sich auf, der sich seiner Existenz schämt, seines Äußeren, seiner Fehler, die er bei sich und in sich selbst vermutet, derer er sich vermeintlich sicher ist. Ein Mensch, der beschämt schweigt, ist in der Vergangenheit beschämt worden. Sein Körper hat sich die Beschämung gemerkt, er hat sie gespeichert, da man ihm die Scham mitunter ansehen kann, wenn er seinen Blick abwendet.

Das gleichgültige Schweigen ist das Schweigen desjenigen, der innerlich unbeteiligt ist, der sich emotional nicht berühren lässt, weil er seine Emotionen abgekapselt hat, der sich kein Urteil erlaubt über gesellschaftliche Zustände und der damit – ohne es zu wollen und ohne, dass es ihm bewusst wäre – etwas sagt, obwohl er nicht spricht. Auf sein Schweigen angesprochen, könnte er behaupten, es entspräche nun mal seiner Persönlichkeit, er sei ein schweigsamer Mensch, einer, der seine Gedanken für sich behält.

Die empfundene Scham des Alkoholikers ist eine der Ursachen für die Sucht, ganz sicher ist sie eine Folge. Das Schweigen meiner Mutter, es war beschämt, gleichgültig und in der Folge beschämend. Meine Scham ist die Scham über eine Mutter, die getrunken hat. Die so viel und über einen so langen Zeitraum getrunken hat, dass sie daran gestorben ist. Die einige Monate vor ihrem Tod gesagt hat: »Wenn ich noch mal neu wählen dürfte, ich würde alles wieder genauso tun.« Die ihr eigenes Kind, mich, nicht lieben konnte.

»Wenn man die richtigen Worte findet, wird das Bild dynamisch, Ella. Und alles, was dynamisch ist, unterliegt einer Veränderung«, sage ich und lächele sie an.

»Du musst es also nicht aufschreiben, sondern du willst!« In ihrer Stimme liegt etwas Triumphierendes.

»Ja, ich will!«, bestätige ich. Wir genießen die Stille und sehen uns dabei an. *Verstehendes Schweigen* nennt Ella das. Etwas, das zwischen Menschen nur dann möglich ist, wenn sie emotional miteinander verbunden sind.

\* \* \*

Man lebt viele Jahre mit dem vorweggenommenen Schrecken, obwohl er bislang nicht eingetreten ist. Man kann nicht achtsam sein, wenn man auf den Schrecken wartet. Ich warte darauf, dass meine Mutter am Korsakow-Syndrom erkrankte, aber ich konnte keine Anzeichen erkennen. Ihre Sprache war klar und deutlich, ihre Sätze ergaben Sinn. Stattdessen geschah etwas anderes.

Erst im Rückblick fiel mir auf, dass sie stark abgenommen hatte. Ich hatte mir keine Gedanken darüber gemacht. Als sie die Diagnose erhielt, fiel mir wieder ein, dass der Psychologe es erwähnt hatte. Während ich all die Jahre darauf wartete, dass ihr die Sprache abhandenkommt, dass sie verrückt werden würde, entarteten kleinste Zellen ihres Körpers und verursachten das, was ich als alternativen Schrecken offenbar verdrängt hatte. Sie hatte Leberkrebs.

Ich klopfe dreimal an die Tür und drücke die Klinke nach unten. Als ich um die Ecke blicke, sehe ich meine Mutter im Bett sitzen. Neben dem Bett sitzt ein Pfleger, leicht nach vorn gebeugt, er dreht mir den Rücken zu.

»Sie bekommen das schon hin, nicht wahr, Reinhard?«, fragt meine Mutter und sieht den Pfleger dabei an. Ihre Stimme klingt auf eine eigentümliche Art ruhig und entspannt. Ich nähere mich von der Seite und sehe, wie der Pfleger versucht, den Inhalt einer großen Spritze in die Sonde zu befördern. Die künstliche Ernährung hält sie bereits seit einigen Monaten am Leben. Ständig ist ihr übel, sie will keine Nahrung zu sich nehmen.

»Der Zugang ist verstopft«, sagt der Pfleger, während er wieder und wieder versucht, die Spritze mit der Spülflüssigkeit in den Körper meiner Mutter zu entleeren, aber es tut sich nichts. Ich sehe ihm zu, wie er sich bemüht, auf seiner Stirn haben sich kleine Schweißperlen gebildet. Zwischendurch nimmt er den linken Arm nach oben und reibt mit dem Ärmel über seinen Kopf. »Der Arme«, denke ich. Wahrscheinlich fühlt er sich beobachtet. Ich verstehe nichts von diesen medizinischen Dingen, aber es sieht für mich nicht so aus, als habe er die Situation im Griff. Am liebsten würde ich ihm sagen, er solle es lassen, es ergebe keinen Sinn, wie überhaupt die ganze Situation keinen Sinn ergibt. Mir schießt in den Kopf: Da trinkt sie jahrzehntelang Alkohol, maßlos, und jetzt geht nichts mehr in sie hinein.

Ihr Körper ist ausgemergelt, ihre Wangen sind eingefallen. Alkohol trinkt sie nicht mehr. Und nun hofft sie, dass der Pfleger den Sondenzugang wieder freibekommt, damit sie ernährt werden kann. Ich halte den Anblick kaum aus. Am liebsten würde ich wegrennen, weit weg, entlang eines großen Strandes, den Sonnenuntergang vor Augen. Ich denke an den warmen Sand auf meiner Haut, an die bronzefarbene Bräune, an den Geruch des Salzwassers, an den Wind, der die Haare über mein Gesicht weht.

»Wir machen eine Pause. Ich versuche es später erneut«, sagt Reinhard, legt die Spritze auf den Tisch und steht auf. Als er die Tür hinter sich schließt, spüre ich meine Erleichterung. Zugleich fühle ich meine Beklemmung, da ich nun mit meiner Mutter alleine im Zimmer bin. Ich nehme mir einen der beiden Stühle, stelle ihn neben das Bett und setze mich. Meine Mutter dreht ihren

Kopf nach links und streckt ihre Hand aus. Offenbar möchte sie etwas greifen, das auf dem Tisch steht, aber ihr Arm fällt immer wieder nach unten.

»Was möchtest du haben?«, frage ich sie.

»Gib mir das kleine Plastikgefäß«, sagt sie, während sie weiterhin zur Seite schaut. Ich nehme den Becher, er sieht aus wie ein kleines Schnapsglas, gefüllt mit etwas Flüssigkeit, offenbar mit Medizin.

»Was ist da drin?« Ich halte ihr das Gefäß entgegen.

»Ein Mittel zur Beruhigung«, sagt sie, während sie den Kopf nach hinten legt und die Flüssigkeit in den Mund laufen lässt. »Jetzt geht es gleich besser«, höre ich sie sagen. Sie lässt den Arm nach unten sinken, das Gefäß gleitet aus ihrer Hand und bleibt auf der weißen Bettdecke liegen. Als ich sehe, dass sie die Augen schließt, greife ich nach dem Medizinbecher und stelle ihn auf den Tisch. Ich sehe sie an. Das, was ich in den nächsten Minuten wahrnehmen werde, was ich sehen, was ich hören werde, wird sich als Bild in mein Gedächtnis brennen. Es ist ein erhabenes Bild, ein Bild, das viele weitere Bilder in sich vereint.

Entgegen der Vorhersage der Ärzte sind ihr die Haare nach der Chemotherapie nicht ausgefallen, sie sind lediglich stumpf geworden. Ihr Atem geht zunehmend ruhiger. Zwischendurch zieht sie ihre

Augenbrauen hoch. Ihre Hände liegen auf der Bettdecke, zeitweilig bewegen sich ihre Finger. Ich würde sie gerne berühren, aber ich traue mich nicht. Sie trägt ein rotes Nachthemd mit kurzen Ärmeln. Ihr Gesicht und ihre Arme sind von der Herbstsonne leicht gebräunt. Das sei das Schöne an der Klinik, sagte sie. Dass das Zimmer eine eigene Terrasse habe.

Sie öffnet die Augen und räuspert sich leicht. Offenbar möchte sie etwas sagen. Doch zunächst sieht sie mich lange schweigend an. Dann spricht sie:

»Dass du so anders bist, das verzeihe ich dir nie.«

An dieser Stelle ist das Bild eingefroren.

Ich sage nichts. Ich schlucke, damit die Tränen weggehen, damit sie verschwinden, sich auflösen in Luft. Dabei denke ich an den Strand, an die untergehende Sonne, ich sehe mich lachen. Und ich spüre den Wind, wie er erstarrt, ich spüre den Sog, der den Wind mit sich zieht, zum Horizont, ich will dem Sog entkommen, ich kann mich aber nicht festhalten, nirgends. Dann stehe ich auf. Ich beuge mich zu ihr hinunter, küsse sie auf die Wange, wie es sich gehört. Ich rieche den Duft der Rosen und der Sonne, drehe mich langsam um und gehe.

Meine Mutter musste mich demütigen, weil sie selbst gedemütigt wurde. Sie musste mich beschämen, weil sie selbst beschämt wurde. Sie musste mir meine Existenz absprechen, weil sie selbst von dieser Welt verschwinden wollte, weil sie annahm, sie sei unwürdig. Sie musste die Schuld, die sie empfand, an mich weitergeben, weil sie sie nicht aushielt. Sie konnte mir nur deshalb so lange in die Augen blicken, weil sie Lust verspürte. Die Lust an der Rache. Es war ihr Vater, der kurz vor seinem Tod zu ihr sagte: »Du bist der Nagel zu meinem Sarg.«

*  *  *

Wir schweigen sehr lange. Die Kühle des Abends legt sich auf unsere Haut. Und dann, plötzlich, spüre ich, dass ich es verstanden habe. Es ist ein tiefgreifendes Gefühl, ein Gefühl, dass sich etwas öffnet, das vorher fest verschlossen war. Ich ringe um Worte, damit ich Ella beschreiben kann, was ich fühle. Da fällt mir das Gedicht von Peter Härtling ein, es trägt den Titel *Hoffnung*[41].

»Aber ich sag dir,
damit du nicht
fortgehst,
es lohnt sich
zu warten,
denn wir werden
[…]
mit den Steinen
weich werden
im Feuer
und endlich
erzählen können,
was wir sein wollten.«

## VERTIKALES FEUER

Eine neue Erfahrung beginnt mit einem sanften Kribbeln im Bauch – ein leises Aufkeimen, ohne dass man die Bedeutung kennt. Es erzeugt ein lustvolles Gefühl, wenn man zwei Hölzer aneinander reibt, bis man das Knistern hört, zunächst sehr zart, sich vortastend. Einige Zeit später, wenn es langsam warm wird und die Energie beginnt sich auszubreiten, sieht man sie, eine kleine Flamme, hellgelb, und wenn man pustet, mitten hinein, färbt sie sich rot, das Knistern wird lauter, während die Flamme größer wird. *Wir entzünden ein Feuer*, sagen wir und nehmen an, dass wir die Bedeutung des Gesagten kennen. Was jedoch genau geschieht, tief im Inneren der trockenen Hölzer, fern der physikalischen Erkenntnis, dafür fehlt uns die Sprache, wir können es nicht benennen. Es muss etwas sein, das unsichtbar schwebt, das uns umgibt, schon immer, wie das Schweigen, das sich frei bewegt zwischen dem Inneren und dem Äußeren, das zwischen den Wänden diffundiert, das wir erspüren können, wenn es still wird um uns herum, wenn wir die Augen schließen und atmen.

Ich sehne mich nach Stille. Ich möchte mit mir alleine sein, schweigen und denken. Um mich herum herrscht eine rege Geschäftigkeit. Meine Geschwister laufen hin und her, von der Bibliothek ins Wohnzimmer, vom Wohnzimmer in die Küche und wieder zurück. Ich sitze neben dem Kamin im Sessel und beobachte meinen Vater, wie er an seinem Sekretär steht und Papiere sortiert. Der Sekretär ist, wie so viele Möbelstücke in unserem Haus, ein Erbstück meines Urgroßvaters. Er ist aus Mahagoniholz, dessen rotbraune Farbe Ruhe und Überlegenheit ausstrahlt. Nach einiger Zeit geht mein Vater zum gegenüberliegenden Regal, schiebt einige Bücher zur Seite und öffnet den Wandtresor. Er zieht einen Ordner heraus und breitet ihn geöffnet vor sich aus. Mit dem Zeigefinger seiner rechten Hand fährt er entlang der Zeilen, seine Stirn ist in Falten gelegt. Er sieht konzentriert aus.

»Was liest du?«, fragt eine meiner Schwestern.

»Es ist das Testament deiner Mutter«, antwortet mein Vater, während sein Blick weiterhin auf das Papier gerichtet ist.

Es gibt viel zu tun, wenn jemand stirbt, selbst der Tod will verwaltet werden. Um sechzehn Uhr haben wir einen Termin beim Bestatter. Für Stille ist keine Zeit. Sie hatte letzte Verfügungen getroffen. Während ich darüber nachdenke, dass all die Jahre der Alkohol über sie verfügt hat, dass sie dies zugelassen hat, bereitwillig, und ich mich frage, wozu nun noch eine Verfügung gut sein soll, welchen Sinn ich darin finden kann, höre ich meinen Vater sprechen.

»Ich kenne den Inhalt. Mir ist es wichtig, dass auch ihr ihn kennt. Zum jetzigen Zeitpunkt geht es nur um den letzten Satz.« Er schaut uns der Reihe nach an. Dann liest er vor: »Ich wünsche mir einen schlichten Sarg aus Kiefernholz.« Er schiebt den Ordner in die Mitte der Tischplatte und setzt sich. Ich sehe, wie meine älteste Schwester mit dem Kopf schüttelt.

»Es ist so würdelos!« Sie hält ihre linke Hand vor den Mund, Tränen steigen in ihre Augen. Mir gegenüber, im Sessel meiner Mutter, sitzt mein älterer Bruder. Er berührt die Finger seiner linken Hand und drückt sie nacheinander, schweigend sehen wir uns in die Augen. Ich spüre seine Verzweiflung, ich kann sehen, wie sie sich langsam in seiner Körpermitte ausbreitet. Ein graues Etwas, das ihm die Luft zum Atmen nimmt. Ich möchte weinen, aber ich kann es nicht. Was ich denke, spreche ich nicht aus. Es ist nicht ihr letzter Wille, mit dem sie sich die Würde nimmt. Dieser letzte Wille verweist auf etwas, das es zu ihren Lebzeiten nicht gegeben, das sie sich selbst genommen hat. Eine Andeutung der Negation.

Der Bestatter öffnet uns die Tür. Er sagt nichts. Was sollte er auch sagen? *Schön, dass Sie da sind?* Sein Gesicht sieht aus, als wolle er reflexhaft lächeln, sein Anstand jedoch schafft es noch so gerade, dies zu verhindern. Er führt uns durch einen großen Raum. Ich sehe verschiedene Särge, angeordnet zu geometrischen Figuren – ich entdecke zwei Dreiecke und ein Quadrat. Manche Särge ruhen mit einer Seite auf einem Podest, sodass ein mehrdimensionaler Eindruck entsteht. Ich beobachte, wie mein Vater dem Bestatter eine kleine Tasche überreicht. »Die Kleidung, die Sie benötigen. Bitte sehr.«

»Vielen Dank. Erlauben Sie, dass wir uns zunächst setzen?« Der Bestatter deutet auf einen großen, ovalförmigen Tisch im Nachbarraum. Ich will mich nicht setzen.

»Entschuldigen Sie, wo finde ich die Besucher-Toilette?«, frage ich.

»Dort drüben.« Er deutet mit seiner Hand auf einen hinter uns liegenden Bereich. Ich habe das kleine Hinweisschild längst entdeckt. Die Toilette liegt räumlich so, dass ich mich ganz in Ruhe umsehen kann.

Als sich die Tür des Nachbarraumes schließt, bin ich allein. Tief atme ich ein in der Erwartung, das Holz riechen zu können, diesen erdigen, ursprünglichen Geruch. Doch ich kann ihn nicht wahrnehmen. Es riecht so seltsam neutral, wie der Ursprung des Koordinatensystems, an dem sich beide Achsen berühren. Jemand, ich weiß nicht, wer, muss alle Gerüche aus der Umgebung entfernt haben, getrieben von einer Sehnsucht nach dem Nullpunkt. Ich zähle die Särge, es sind zehn Stück.

Jeder Sarg sieht anders aus. Da ist der Sarg aus rustikaler Eiche, in dunklem braun. Der Sarg aus ebenmäßiger Buche, mittelbraun. Derjenige aus bescheidener Kiefer, hell gemasert. Es gibt die Särge jeweils mit einer verschiedenen Formgebung. Einige sehen kantig aus, andere haben abgerundete Ecken. Sie verkörpern nicht die Ästhetik des Ungeschliffenen, des Natürlichen, des Rohen, allesamt sind sie das Produkt einer Verarbeitung, einer menschlichen Vorstellung, die von Beginn an ein in sich abgeschlossenes Bild vor Augen hatte. Ich lege meine Hand auf einen kantigen Eichensarg und schließe die Augen. Er fühlt sich kühl und glatt an. Sanft bewege ich meine Hand hin und her, wie ein Streicheln, gehe dabei entlang des Sarges, vom Fuß- bis zum Kopfteil. Ich stelle mir vor, dass meine Mutter darin liegt, zurecht gemacht, das dunkle Haar ein letztes Mal frisiert, die Lippen rot geschminkt. Als ich die Augen öffne, fällt mir ein, dass sie in einer Kühlkammer des Bestattungshauses liegt, bekleidet mit einem kurzärmeligen Nachthemd. Ich frage mich, ob sie noch immer so aussieht wie gestern. Die Augen eingesunken, das Gesicht erstarrt. Ob wir sie noch mal sehen wollen, später, hatte der Bestatter gefragt. Bevor ich über seine Frage nachdenken konnte, hatte mein Vater sie verneint.

Ich gehe zu einem abgerundeten Sarg aus Kiefernholz. Erneut schließe ich die Augen und berühre ihn. Auch er ist kühl und ebenso glatt wie der Sarg aus Eichenholz. Da wird es mir klar, mit einem Mal. Mein visuelles Erleben unterscheidet sich vom taktilen Erleben. Mittendrin liegt meine körperliche Empfindung, mein Gefühl. Im Bauch. Im Herzen. In den Ebenen dazwischen, ohne festen Übergang. Wie die verschiedenen Sphären des Weltalls, die in vertikaler Richtung über uns schweben.

Die Macht der Täuschung. Warum machen wir uns ein abschließendes Bild von einem Sachverhalt, von einem Menschen? Warum negieren wir eine Wahrheit, nur, weil uns die Worte fehlen? Warum fällt es uns so schwer, das, was wir nicht sehen wollen, dennoch offenzulegen?

Als ich mich selbst dort stehen sehe, inmitten der Särge, aus der hinteren Ecke des großen Raumes betrachtend, fällt mir erneut Ingeborg Bachmanns Rede ein, die wir damals im Deutschunterricht gelesen haben.

Der geheime Schmerz.
Die Erfahrung der Wahrheit.
Der helle, wehe Zustand.
Das, was ich nicht sehen, was ich jedoch begreifen kann.

Der letzte Wille meiner Mutter ist nicht nur ein trotziges Aufbegehren der eigenen Bescheidenheit, ein Ausdruck der eigenen Verachtung. Er ist insbesondere ein Spiegel für unsere vermeintlichen Gewissheiten, die über jeden Zweifel erhaben sein wollen.

»Was zum Teufel tust du hier?« Meine älteste Schwester steht in der geöffneten Tür des Nebenraumes. Ihr leises Flüstern hallt durch die Ausstellungshalle.

»Ich sehe mir die Särge an«, sage ich in normaler Lautstärke, da mir nicht klar ist, warum ich flüstern sollte. Sie kommt auf mich zu, ihr Gesicht sieht erbost aus.

»Warum tust du das? Es ist doch längst alles entschieden! Komm jetzt, bevor Papa wütend wird.«

Im Nebenraum hat der Bestatter inzwischen Kaffee in edle Tassen eingeschenkt. Er sitzt vor Kopf, wie mein Vater auf der anderen Seite des Tisches. Als wir hereinkommen, stockt das Gespräch. Der Bestatter räuspert sich kurz und wartet, bis meine Schwester und ich am Tisch sitzen. Dann spricht er weiter.

»Wir führen verschiedene Innenausschläge in unterschiedlichen Stoffarten und Farben. Sie können wählen zwischen schlichter, matter Baumwolle und edler, glänzender Seide, farblich bietet sich etwas Dezentes an. Ein helles Weiß. Ein sanftes Creme.«

Ich stelle mir vor, wie er diese Sätze auswendig gelernt hat, zu Hause, stehend vor einem Spiegel, die Tür geschlossen, damit ihn niemand hört, sich selbst in die Augen schauend, in passender Kleidung, dem schwarzen Anzug mit weißem Hemd, dazu die hellgraue Krawatte, das silberne Haar sorgfältig zur Seite gekämmt, die Gesichtshaut glatt rasiert.

»Wir nehmen die glänzende Seide in Weiß«, sagt mein Vater sehr direkt, als stünde das Resultat seiner Überlegung schon lange fest.

Natürlich wählt er die Seide. Auf eine kreative Art und Weise muss dieser schlichte Kiefernsarg kompensiert werden.

»Sehr wohl. Ich darf Ihnen hier die verschiedenen Ausführungen zeigen.« Der Bestatter erhebt sich und öffnet eine Schiebetür am Ende des Raumes.

Eine Assoziation taucht plötzlich auf, ohne eine Vorüberlegung. Wie der Bestatter da steht, neben der geöffneten Schiebetür, und mit einer ausladenden Handbewegung auf die Innenausschläge zeigt, sie stolz präsentiert und uns damit bedeutet, dass wir eine Wahlfreiheit haben, denke ich an die Bettenabteilung eines großen Warenhauses, in dem ich gemeinsam mit meinem Vater im letzten Jahr eine Bettdecke für mich gekauft habe. Warm sollte sie sein, weil ich nachts immer so friere.

»Wenn Sie die Seide anfassen möchten, sehr gerne. Sie ist von Hand genäht, wir führen keine Ware von der Stange.« Sein Stolz lässt uns kaum eine andere Wahl. Nun nicht aufzustehen, wäre ein Affront. Ich lasse meinem Vater und meinen Geschwistern den Vortritt. Es ist ohnehin sehr eng hinter der Schiebetür. Pflichtbewusst gehen sie entlang der Kleiderstange und lassen die Seide durch ihre Finger gleiten. Zwischendurch höre ich ihre Zustimmung.

»Wie weich …« »Man kann das Edle fühlen.«

»Möchtest du auch mal?«, fragt mich mein Vater.

»Nein. Mir ist nicht danach.« Ich weiß nicht, ob ich richtig geantwortet habe.

Die Wahl fällt auf ein Unikat. Glänzende Seide in Weiß. Als alles besprochen ist, auch die Art des Kiefernsarges – wir entscheiden uns für die kantige Variante –, klappt der Bestatter seine Ledermappe zu.

»Haben Sie noch Fragen? Kann ich noch etwas für Sie tun?«

Kurz warte ich ab, ob mein Vater oder meine Geschwister etwas sagen möchten. Sie schweigen.

»Ich möchte meine Mutter noch mal sehen«, sage ich und kann spüren, wie meine Stimme über den Tisch getragen wird, in sanften Wellen, auf- und absteigend, bis sie sich gelegt hat, auf die Haut, ein sanfter Flaum, unsichtbar. Dann wird es still.

»Aber natürlich«, äußert der Bestatter recht zügig, damit sich die Stille nicht zu viel Raum nimmt. »Komm am Dienstag, am besten um fünfzehn Uhr. Dann kannst du dich in Ruhe von deiner Mutter verabschieden.« Er lächelt mich an. Es ist ein angemessenes Lächeln, sanft, zugewandt.

Ich weiß nicht, wie das gehen soll – sich verabschieden, obwohl man sich nie im Leben begegnet ist. Ob es wohl einen Unterschied gibt zwischen einer Verabschiedung und der Negation? An welchem Punkt geschieht die Verabschiedung? Ist es der Nullpunkt oder etwas, das sich zunächst senkrecht im Raum bewegt, das schwebt, wie der tote Körper meiner Mutter, etwas, das sich unerwartet erheben kann, vertikal, atmend?

Beim Hinausgehen nimmt mich meine älteste Schwester zur Seite.

»Es ist in Ordnung, weil es dein Wunsch ist. Aber erzähle uns im Anschluss nichts davon.«

Es ist eine neue Erfahrung für mich, zum Schweigen aufgefordert zu werden, weil ich bisher nur das unausgesprochene, selbstverständliche Schweigen kenne. Offenbar ahnt meine Schwester nicht, was ich spüre. Ich hätte ohnehin nichts gesagt, nichts erzählen wollen von diesem letzten Moment, in dem ich mit meiner Mutter alleine bin.

Die kindliche Anschauung ist charakterisiert durch die Fähigkeit des Staunens, eines Geöffnet-Sein des Körpers, das Lustgewinn und ästhetisches Erleben ermöglicht, fern einer intellektuellen Einordnung und Kategorisierung in Begrifflichkeiten, welche mit einer sinnlichen Affizierung unvereinbar sind. Es ist der Moment der Affizierung, in dem es nicht um das Verstehen eines Sachverhalts geht, vielmehr um das intuitive Begreifen des Anderen, das außerhalb von uns liegt, dem wir begegnen können, dessen Zauber wir empfangen, jedoch niemals einem Zweck unterwerfen können. Das intuitive Begreifen ist frei, es öffnet Räume der Bedeutsamkeit. Es lebt vom Schauen, das sich keiner Bestätigung von außen hingibt, da es aus sich selbst heraus geschieht. Jedwede Form der Offenheit ist unvereinbar mit einer Abhängigkeit, mit der zwanghaften Suche nach der Erfüllung eines Bedürfnisses. Die kindliche Anschauung sucht nicht, sie findet. Der Respekt vor dem Anderen, vor dem Anders-Sein, bedeutet Wahrung und Schutz der eigenen Würde.

Mein Herz schlägt bis zum Hals. Meine Haut kribbelt, als habe jemand jede einzelne Pore mit einer feinen Nadel durchstochen. Der Bestatter führt mich ins Untergeschoss. Mein Gefühl sagt mir, dass ich die Treppe lieber hinaufgehen würde, nicht hinab. Dass es nicht möglich ist, sagt mir mein Verstand. Die Toten, liegend in ihren Särgen, werden mit einem fahrbaren Gestell vom Bestattungshaus zum Leichenwagen transportiert. Wir bleiben in einem Flur vor einer halbgeöffneten Tür stehen.

»Nimm dir so viel Zeit, wie du benötigst. Du kannst später einfach die Treppe wieder hinaufgehen.« Der Bestatter nickt zurückhaltend mit dem Kopf und verschwindet.

Was ist eine Letztmaligkeit? Kann ein Begriff überhaupt das beschreiben, was wir erleben?

Ich gehe durch die Tür, ohne sie zu berühren. Mit einem Mal wird es kälter wird um mich herum. Da liegt sie. Ihre geschlossenen Augen. Ihre roten Lippen, die überschminkte Endlichkeit. Die roten Rosen im Vorgarten. Das dunkle Haar, fast schwarz. Mein Blick in den Nachthimmel, das Funkeln der Sterne. Ihr Gesicht, das Antlitz einer Puppe, Porzellan, eingefroren. Der weiße Schnee, kalt, meine Finger schmerzend. Die ruhende Flamme der Kerze, weiß. Ihr Kleid, weiß, bis über die Knie, Lederschuhe, weiß, mit Absatz. Unsere Familienfeiern, das weiße Kleid, frisch gebügelt, mit tiefem Ausschnitt, rund, die Armbanduhr, golden. Das leise Ticken. Die Serviette, weiß, feucht. Unter ihr die weiße Seide, glänzend, umhüllend, beschützend. Ihre Fingernägel blau, wie das Hemd des Psychologen, wie der Sommerhimmel, an dem die weißen Wolken ziehen, wie von Zauberhand, die Amseln, die sich tragen lassen vom Wind, sich niederlassen auf dem First, wenn es Abend wird, wie ein schwarzes Tuch, leise, schwebend, ihr friedlicher Gesang, hallend hinauf ins Firmament, rötlich schimmernd, der Nachhall der Stille.

Alles fließt ineinander, die Wand, die Scham, das Anderssein, mein Selbst, die zarten Risse meiner Haut, mein Schmerz, das warme Blut, meine Tränen, in den Raum, der mich umgibt, in das Mittendrin, das alle Ebenen vereint, das Oben und das Unten, Innen und Außen. Mein Zittern ist ein Beben, inmitten von Schuld und Unschuld, Gestern und Heute, gebrochene Erde, die sich mit Wasser füllt, weil der Himmel sich öffnet, tiefrot.

*Admiror, paries,*
*te non cecidisse ruinis,*
*qui tot scriptorum taedia sustineas.*

*Ich bewundere dich, Mauer,*
*dass du nicht zu Schutt zerfallen bist,*
*die du den Überdruss so vieler Schreiber ertragen*
*musst.*

(Antikes Graffito aus dem Amphitheater in Pompeji)

## SICHTBARER ZAUBER

Warum meine Mutter der Meinung war, ich sei anders, will Ella wissen. Warum sie kurz vor ihrem Tod bereut hat, mich zur Welt gebracht zu haben, fragt sie mich. Wenn diese Fragen für mich nicht derart bedeutsam wären, würde ich schmunzeln, weil ich weiß, dass Ella die Antworten kennt. Sie spricht absichtlich laut, damit ich sie verstehen kann. Ich bin ihr nicht böse, obwohl ich meine, dass es die umherlaufenden Menschen nichts angeht. Sie drängen sich, ziehen ihre Rollkoffer hinter sich her, rufen einander zu.

Sie habe das Wichtigste dabei, ihren Reisepass, höre ich eine Frau sagen, während sie sich zu ihrem Begleiter umdreht. Ich atme tief ein und warte kurz ab, was ihr Geruch für ein Gefühl in mir hervorruft. Für meine Empfindung hat sie zu viel Parfüm aufgetragen, vielleicht macht sie das immer so und bemerkt es nicht, niemand hat es ihr offenbar bisher gesagt, vielleicht ist es das Ergebnis ihres Reisefiebers, ihrer Aufregung, da sie Angst hat vor dem Flug. Es ist ein schwerer Duft, gesättigt, leicht süßlich, wie ein bordeauxroter Samtvorhang, der die meterhohen Fenster einer Burg bekleidet, der in den Stofffalten die ausgeatmete Luft der vergangenen Jahrhunderte verborgen hält. Seit Jahr und Tag gehen die Touristen ein und aus, vorbei am Kassenhäuschen, vor dem sie geduldig warten, bis sie an der Reihe sind, ohne sich zu fragen, ob der Mensch durch die Zeit geht oder die Zeit durch den Menschen. Nie habe ich verstanden, warum Menschen in Scharen durch die Burgen ziehen, vor den Absperrungen stehen bleiben, weil sie die Vergangenheit nicht anfassen dürfen. Ich will die Dinge berühren, damit ich sie verstehen kann, auch wenn manch einer sagt, das Porzellan, das in den Burgen auf den Tischen steht, als werde jeden Moment das Abendmahl serviert, fühle sich an wie das Porzellan von heute. Ich kann es nicht empfinden, stattdessen spüre ich das vornehme Schweigen im Raum, während ich mit meinem Finger über den Henkel der edlen Tasse fahre, verbotenerweise, weil ich die Absperrung übertreten habe, sehe um mich herum die Damen in langen Kleidern, geschnürt in das enge Korsett, unter ihrer Haut, dünn wie Pergament, pocht das blaue Blut. Aufrecht gehen sie, gezwungenermaßen, da ihnen sonst die Luft zum Atmen fehlt, sie schweben, bewegen sich leise, gemäß ihrem Stand, während die Männer, sitzend vor Kopf, laute Reden schwingen, in der festen Überzeugung, sie verstünden die Welt, ohne sich zu fragen, was zuerst da war, ihre Sicht auf die Welt oder das, was sie umgibt. Ich gehe zum Fenster und berühre den Vorhang, ehrfürchtig, ziehe ihn auseinander, bis das Innere – bisher stumm verborgen vor dem Sonnenlicht – tiefrot vor meinem Auge erscheint.

Sie tanzen, die Staubkörner, geben den gesammelten Dreck der letzten Jahrhunderte frei, ich spüre das konservierte Schweigen der Frauen im Raum, gepresst in ihre engen Kostüme, ihre stille Zustimmung, obwohl sie laut schreien müssten, während sie sich mit den nackten Händen die Kleider vom blassen Leib reißen, die wertvollen Kleider, von Hand genäht, ich sehe das Messer, das sie greifen müssten, um die eng geschnürten Bänder des Korsetts zu zerschneiden, darum wissend, dass es gefährlich ist, da ihnen das Messer entgleiten und ihre aristokratische Haut durchstoßen kann, mitten ins Herz. Sie starren, die Männer, auf die erigierten Brustwarzen der Frauen, auf das weiße Fleisch, greifen nach den Kleidern, nach den Fetzen, blutverschmiert, in ihren Augen die Gier, wütende Erregung, die sich nehmen will, was ihr zusteht, die antizipierte Penetration, provokativ lachend. Als ich sehe, wie sie aufstehen und ihre Gläser heben, Kristallglas, schwer, gefüllt mit rotem Wein, um anzustoßen auf ihr Recht, ihre Überlegenheit, ihre Macht, ihr vermeintliches Wissen, die schweigenden Frauen, mundtot, wird mir plötzlich übel.

Und alle trinken sie. Der eine, weil er die Kriege nicht aushält, die er führt. Der Andere, weil er nachts von den Toten träumt, den zerfetzten Leibern, dem verwesenden Fleisch, der brennenden Erde. Die nächste, weil sie sich ihres Schweigens schämt und den Abgrund herbeisehnt, damit sie spürt, wie ihre Angst von ihr abfällt, hinab ins Dunkle. Die Unsichtbare, damit sie ihr Anderssein nicht spüren muss, damit ihr Selbst und ihre Triebe eins werden und sie den Menschen nah sein kann, damit das süße Gift ihre dunklen Gedanken zügelt. Eine weitere, weil sie sich vergessen will, sich und ihre Fehler, ihren Unwert, ihr Schweigen, weil sie vergessen will, dass sie trinkt. Sie trinken, damit die Scham aus ihren Körpern kriecht, durch die feinsten Poren, damit die Schuld verdunstet, gemeinsam mit dem vergifteten Schweiß, während sie sich glauben machen, ihre eigene Würde sei unantastbar.

»Ist alles in Ordnung mit dir?«, höre ich Ella fragen, während sie mit dem Plastikstäbchen in ihrem Coffee to go rührt. Neben dem Stuhl steht ihr großer Rucksack, voll bepackt. Sie ist auf dem Weg zu einem einjährigen Aufenthalt in Kopenhagen. *Training on the job* in einer Werbeagentur, der nächste Schritt nach dem Abschluss ihres Psychologie-Studiums.

»Ja, ich habe nur kurz über deine Fragen nachgedacht. Es sind wichtige Fragen, die du stellst.« Ich fühle mich sehr müde. Vielleicht liegt es an dem Stimmengewirr um mich herum.

Vor einigen Jahren sagte ich mal zu Ella, dass der Charakter einer Frage nicht zwingend den gleichen Antwortcharakter ergeben muss. Eine vermeintlich banale Frage kann eine komplexe Antwort erfordern, da die Frage bei näherer Betrachtung gar nicht so banal ist – häufig ist das Banale bereits das vorläufige Ergebnis eines komplexen Bedingungsgefüges, etwas, auf das Menschen sich unausgesprochen einigen, der kleinste gemeinsame Nenner, ein Instrument, um Sprachlosigkeit zu verhindern. Paradoxerweise führt genau das dann dazu, dass wir nicht so genau hinsehen, geschweige denn hinfühlen, sodass das potenziell Sichtbare sich der Entdeckung verwehrt. Die Vereinfachung dient der Verhinderung des Schmerzes. Das Komplexe wiederum kann sich wunderbar leicht anfühlen, wie ein Sommerregen, der all die Ahnungen und Erkenntnisse vom Himmel rieseln lässt, warm und bunt. Die Antworten auf Ellas Fragen sind einfach und schwierig zugleich. Sie sind einfach, weil es Erklärungen gibt, Herleitungen, Einordnungen. Sie sind schwierig, weil die Antworten schmerzen, weil der Schmerz unsichtbar ist. An dieser Stelle droht meine Sprache zu versagen, da das Unsichtbare zwar potenziell sagbar ist, es jedoch für immer verborgen bleibt, sofern ich schweige. Noch perfider verhält es sich mit dem Sichtbaren – es umgibt mich, mitunter schon immer, jedoch ist es nicht automatisch sagbar. Damit es sagbar wird, braucht es jemanden, der die Wand öffnet, der dem Sichtbaren erlaubt, sich zu zeigen. Und was sich zeigt, bleibt zunächst unbestimmt, es ist nicht planbar, es konterkariert die starke Sehnsucht nach Linearität, nach einem simplen Ursache-Wirkungs-Prinzip, nach wohlfeilen Antworten.

Ella schaut immer wieder auf ihre Armbanduhr.

»Es muss gleich losgehen«, sagt sie und kontrolliert, ob alle Reißverschlüsse ihres Rucksacks geschlossen sind. Ich bemerke ihre Nervosität, ihre Aufregung und spüre, dass sich meine Müdigkeit mit einer inneren Erregung mischt. Es ist ein beglückendes Gefühl, wenn der große, weite Raum zwischen Ahnung und Erkenntnis zunehmend kleiner wird. Während Ella unruhig auf ihrem Stuhl hin und her rutscht, kommt der Aufruf für ihren Flug.

»Du schreibst mir?« Sie nimmt den letzten Schluck aus ihrem Kaffeebecher und drückt ihn mir in die Hand.

»Ja, ich schreibe dir«, sage ich und spüre, dass ich zu leise spreche. Um mich herum ist es zu laut für meine Stimme.

Ich küsse Ella auf die Wange und nehme mir vor, dass ich diesen Moment für die Zukunft festhalten will, das strahlende Blau ihrer Augen, klar und zielstrebig, ihr glattes Haar, eng aneinanderliegend, hinter die Ohren gesteckt. Ich habe mich immer gefragt, wie Ella es anstellt, dass ihre Haare an Ort und Stelle bleiben. Warum es sie nicht stört, dieses Strenge, Beherrschte. Warum es sie nicht nach Unordnung drängt, um eine vorläufige Ordnung zu finden. »Du hast etwas Unbändiges«, sagte sie stets zu mir, wenn ich versucht habe, meine Haare wenigstens für zehn Minuten nicht zu berühren. Wie gerne ich mich an ihren Gesichtsausdruck erinnere, an dieses leicht Ratlose, Kopfschüttelnde, nachdem ich zu ihr gesagt habe, sie verwechsele das Äußere mit dem Inneren.

Wir sollten unser Leben vom Ende her denken, das Ende der Zukunft antizipieren, um das Zeitbewusstsein eines Kindes zu erlangen, das die Fähigkeit hat, sich dem Hier und Jetzt vollends hinzugeben. Nach Kierkegaard ist es der Augenblick, welcher Vergangenheit, Gegenwart und Zukunft aufhebt[42], der uns befreien kann von der Last des Gedankens an den Tod, an die unumstößliche Wahrheit, dass wir eines Tages gewesen sein werden. Bewegen sich unsere Ängste nicht auch in einem Raum, der aus der Vergangenheit gebildet ist und mächtig in die Zukunft ragt? Demnach kann es helfen, das Gefühl der Erleichterung zu antizipieren, das immer dann eintritt, nachdem wir uns den eigenen Ängsten gestellt haben.

Als ich das Flughafengelände verlasse, vorbei an den großen Werbetafeln, die das Glück der Ferne verheißen, ist der schrumpfende Zwischenraum plötzlich spürbar. Ein entstehendes Gefühl trägt die Antwort in sich, ohne dass wir vorher bewusst die dazugehörige Frage gestellt hätten. Vielleicht tragen die Emotionen unsere Entelechie. Ich hätte Ella das beim Abschied nicht beschreiben können. Sie weiß, dass sich meine Gedanken erst in der Stille so richtig entfalten können, dass es die Stille ist, die meine empfundenen Widersprüche aushält. So hatte ich es ihr gesagt, vor einigen Monaten, nachdem sie mich sprachlos zurückgelassen hatte.

\* \* \*

»Warum hast du dir ausgerechnet die Werbepsychologie ausgesucht?«, frage ich sie, als sie mir von ihren Plänen erzählt.

»Weil ich diesen Teilbereich spannend finde – die Agenturen benötigen den psychologischen Rat, um Werbung gezielt einsetzen zu können. Es sind die Psychologen, die die Bedürfnisse der Menschen kennen.« Ella sitzt mir gegenüber und legt ihre Unterarme parallel zueinander auf dem Tisch ab. Ich fühle mich angespannt und habe das Gefühl, als säße ich in einem Bewerbungsgespräch, in dem die Rollen klar verteilt sind.

»Hat ein Psychologe in der Werbeagentur nicht eher die Aufgabe, die Bedürfnisse der Menschen zu wecken? Das Ziel der Werbung ist es doch, dass die Menschen konsumieren«, sage ich, während ich ihr in die Augen sehe.

»Ja, natürlich sollen sie konsumieren. Davon lebt der Kapitalismus«, entgegnet sie und verdreht dabei leicht die Augen.

»Das bedeutet doch, dass die Menschen beeinflusst werden, vielleicht sogar manipuliert.« Ich frage mich, mit welchem Gefühl Ella wohl diese Arbeit verrichten wird.

»Sie werden beeinflusst, aber wir manipulieren sie nicht. Die Kaufentscheidung treffen sie immer noch selbst.« Sie lehnt sich zurück und verschränkt ihre Arme vor dem Körper.

»Aber kann die Entscheidung für einen Kauf frei sein, wenn es vorher schon eine Beeinflussung gegeben hat?« Ich denke daran, dass ich vor einigen Tagen sündhaft teure Schuhe gekauft habe. Mir gefiel ihre zurückhaltende Ästhetik, die schlichte Farbgebung – mattes Leder, schwarz – aber ich glaube nicht, dass ich sie wirklich gebraucht habe. Vielleicht hat mich meine ungestillte Explorationslust zum Kauf verleitet. Und dennoch würde ich sagen, dass ich den Kauf freiwillig entschieden habe. Kann ein ungestilltes Bedürfnis den freien Willen überlagern? Legitimieren wir unsere versteckten Bedürfnisse mit einem vermeintlichen Willen? Wo verläuft die Grenze zwischen Beeinflussung und Manipulation?

»Ich trage dazu bei, dass unser Wirtschaftssystem lebendig bleibt. Davon profitieren die Menschen, weil ihre Löhne und Gehälter von unserem funktionierenden Wirtschaftssystem enorm abhängig sind.« Ellas Stimme bekommt einen strengen und dozierenden Unterton.

Ich denke nach. Mir kommt die Frage in den Sinn, was einen mündigen Menschen ausmacht, sowie die Erkenntnis, dass Freiheit und operantes Konditionieren sich gegenseitig ausschließen. Außerdem beschäftigt mich die Frage, in welchem Zusammenhang die Freiheit mit unserer Fremd- und Eigenverantwortung sowie der Würde steht. Ich denke an meine kognitive Dissonanz und nehme mir vor, innerhalb des nächsten Jahres keine Schuhe mehr zu kaufen, weil ich sie nicht benötige. Man müsste die Menschen darüber informieren, wie die Werbung das Prinzip der Reziprozität nutzt, um das Kaufverhalten zu beeinflussen. Als sich der Gedanke aufdrängt, dass es einen Zusammenhang geben muss zwischen unseren empfundenen Mangelzuständen, der Co-Abhängigkeit und reziprokem Altruismus und mir klar wird, dass die Macht der Sucht jede Regel des sozialen Miteinanders außer Kraft setzt und damit die Wände zementiert, diese unfassbar hohen Wände, hinter denen versteinerte Menschen leben, sagt Ella diesen einen Satz: »Du hast es nicht studiert.«

In mir steigt ein Gefühl der Verletzung empor, das mir sehr vertraut ist. Gleichzeitig versucht mein Kopf, Ella in Schutz zu nehmen und ihr Verhalten zu erklären. Ich sage nichts. Ich verbiete mir eine Rechtfertigung, weil ich sie würdelos finde. Ella sieht mich lange an. Als ich das Gefühl bekomme, dass sie mein Schweigen missversteht, stehe ich auf.

»Ich gehe jetzt, Ella«, sage ich, schiebe den Stuhl an den Tisch und ziehe leise die Tür hinter mir zu.

Abends liege ich im Bett, frierend, zugedeckt bis zum Hals. Ich habe stets gedacht, dass das eigene Herz nicht schmerzen kann. Es kann. Ich spüre ein Stechen beim Ein- und Ausatmen, als traktiere jemand von innen mein Herz, unsichtbar. Ich lege meine rechte Hand auf die linke Brustseite und warte, bis ich die Wärme spüre. Als ich meine Augen schließe, sehe ich mein Herz, rot, warm, pochend. Bei jedem Schlag treten sie hervor, die vielen kleinen Schnitte der Vergangenheit, hineingeritzt in die Außenhaut. Vernarbt, aber sichtbar. Und spürbar. Als würde mein Atem stocken, damit die Narben nicht aufreißen und das Blut freigeben.

Zwei Wochen lang reden Ella und ich nicht miteinander. Dann steht sie plötzlich vor meiner

Tür. »Es tut mir leid«, sagt sie. »Ich hatte das Gefühl, dass du es besser wissen willst.«

Ellas Entschuldigung fühlt sich bedeutsam an. Es macht einen Unterschied, ob ein Mensch sich hinter seiner Wand hervorwagt und einem dabei in die Augen blickt, oder ob er seine Reue über eine dritte Person ausrichten lässt. Als ich sie in den Arm nehme und über ihr glattes Haar streiche, warm und weich, denke ich daran, wie tot das Wissen ist, wenn es von der Empfindung getrennt bleibt. Es braucht ein demaskiertes Gegenüber, ein geöffnetes Herz, das diese Ambivalenz erkennt, das dem Gefühl erlaubt, hinter der Wand hervorzutreten, die Gedanken zu umarmen. Wer nicht erkannt wird, kann sich selbst nicht erkennen. Und wer sich selbst und seine Bedürfnisse nicht erkennt, der wird auch den Süchtigen nicht erkennen und er wird nicht verstehen, dass er als Co-Abhängiger dauerhaft in der enttäuschten Erwartung eines reziproken Verhaltens lebt, mitunter sein Leben lang.

## Liebe Ella,

ich fühle mich unsicher, wie ich beginnen soll. Was sind die passenden Worte, wenn etwas beginnt? Wer urteilt darüber, welche Worte passend sind? Wenn unsere Worte das Ergebnis einer vorläufigen Entwicklung sind, ist es ein Urteil dann nicht ebenso? Ich bin manchmal erstaunt, wie selbstsicher manche Menschen urteilen und bewerten können. Du könntest nun sagen, ich sei neidisch. Ja, eventuell wäre ich auch gerne manchmal derart selbstsicher. Vielleicht jedoch ist eine nach außen gezeigte Selbstsicherheit der Ausdruck für eine zitternde Unsicherheit im Inneren. Findest du es nicht auch erstaunlich, dass unser ganzes Leben aus Gegensätzen besteht, innen wie außen? Es fällt mir schwer zu glauben, dass du das Unsichere nicht kennst. Vielleicht denkst du, du könntest es verstecken, da es vermeintlich nicht sichtbar ist. Der Alkoholismus ist intersubjektiv zugänglich. Warum macht unsere Gesellschaft daraus ein intrasubjektives Phänomen? Die Angst vor sich selbst entspricht der Angst vor der Todesangst. Kinder aus Suchtfamilien sind unsichtbar, weil sich Teile der Gesellschaft im Kern des Menschseins und der Mitmenschlichkeit verleugnen, um ihre Todesangst zu bannen. Die Menschen brauchen die Sucht als Hintertür, um vor sich selbst und der Freiheit zu flüchten.

Du könntest entgegnen, dass man zwischen dem Menschen und der Sucht unterscheiden muss, dass die Würde des Menschen es gebiete, ihm zur Seite zu stehen, ihm zu helfen, damit er die Sucht überwinden kann. Die Sucht verändert den Menschen, sie formt ihn gemäß ihres eigenen Charakters – einverleibend, kompromisslos und mächtig. Der Übergang in eine Co-Abhängigkeit ist ebenso fließend wie die Entstehung einer Sucht. Es sind unsere ungestillten Bedürfnisse, schlafend unter dem Deckmantel der Hilfe, die uns in die Zuwendung drängen. Warum fragen wir nicht danach, welche würdevolle Zuwendung unsere eigenen Bedürfnisse benötigen?

Die Werbung spielt seit jeher mit den ungestillten Bedürfnissen der Menschen. Wenn es, wie du damals sagtest, die Psychologen sind, die die Bedürfnisse der Menschen kennen – und wer würde dies bezweifeln? –, erwächst dann aus diesem Wissen nicht eine besondere Verantwortung, die fern einer jeden Beeinflussung liegt? Sollte es nicht darum gehen, die Menschen zu sich selbst zu führen? Genau da liegt das Problem, Ella: Wir meinen, das Trennende zu brauchen, weil es uns die vermeintliche Sicherheit gibt, nah bei uns zu sein. Dabei ist der Wunsch nach dem Trennenden nichts weiter als ein Ausdruck unserer Angst. Es ist die innere Öffnung, die das Trennende überwindet.

Meine Mutter hat sich anders gefühlt, abgetrennt von den Menschen, sie hat ihre Gefühle kaum ausgehalten, sich überwältigt gefühlt von der Schönheit dieser Welt, von den Ambivalenzen, den unzähligen Grausamkeiten. Und all dies hat sie in meinen Augen gesehen, hat hinabgeblickt in ihre eigenen Niederungen, in die Tiefe ihrer Seele, in ihren unermesslichen Schmerz.

Bei Sartre ist zu lesen: »Der Andere ist der versteckte Tod meiner Möglichkeiten [...]. Es sind *gleichzeitig* die Dunkelheit der düsteren Ecke und meine Möglichkeit, mich dort zu verstecken, die durch den Anderen überschritten werden, wenn er den Winkel mit seiner Lampe beleuchtet, bevor ich eine Bewegung habe machen können, mich dorthin zu flüchten[43].«

Ihre Reue war geboren aus einem vernichtenden Schamgefühl. Sie hat mich angeblickt und ihre verspielte Freiheit gesehen, die gelebte Freiheit, die ihre Würde garantiert hätte. Es ist ein Paradoxon – ihre Unsichtbarkeit und ihre Sucht waren so unglaublich raumgreifend und omnipräsent, dabei wollten sie eigentlich nur in sich selbst verschwinden.

Wir Menschen sind Grenzgänger. Wir wandeln auf dem schmalen Grat des Trennenden, das in uns selbst liegt. Unsere Worte können die Grenzen kurzzeitig berühren, erhellen, bevor sie erneut im Dunklen verschwinden. Kafka sagt, Literatur sei ein Ansturm gegen die Grenze[44]. Wer gegen die Grenze stürmt, wird mit der ihn umgebenden Sprachlosigkeit konfrontiert und muss akzeptieren, dass es eine subjektive Letztbegründung gibt. Die Erinnerung an das Schweigen ist die Konservierung eines toten Zustandes. Es gibt die Intersubjektivität des beschämten und gleichgültigen Schweigens, gemeißelt in Stein. Und es gibt den lebendigen Zauber unserer Worte, spürbar.

Draußen dämmert es, am Himmel ziehen dunkle Wolken. Wenn ich tief einatme, spüre ich ein Flirren in der Luft. So fühlt es sich an, wenn es bald regnen wird. Eine Erwartung kann man fühlen, Ella.

In der letzten Nacht hatte ich einen Traum. Ich wanderte durch eine Niederung, allein. Rechts und links erhoben sich dunkle Steinschluchten, von hinabstürzenden Wassermassen tief zerfurcht. Dichter Nebel umgab mich, die Luft war schwer und feucht. Ich konnte nur erahnen, an welchem Ort ich war, vielleicht waren es die Schweizer Alpen. Ich war glücklich, dass ich allein war – ich erinnere mich zurück an mein Gefühl der tiefen Zufriedenheit, bei jedem Schritt das satte Grün am Boden betrachten zu können. Es war ein schmaler Grat, auf dem ich ging, auf beiden Seiten ging es tief hinunter. Plötzlich, als habe ich eine Stimme gehört, obwohl es still war, hob ich meinen Kopf und es erschien das Gesicht meiner Mutter, lediglich ihr lächelndes Gesicht, daneben, wie aus dem Nichts, streckte sie mir ihre Hand entgegen. Sie sprach nicht mit mir, aber in ihren Augen lag etwas Sehnsüchtiges, etwas Fernes. Es waren Bruchteile von Sekunden, Ella, ich hätte lediglich meine Hand ausstrecken müssen, so fühlte es sich an, und sie hätte mich berührt und wir wären gemeinsam verschwunden in den Felsspalten, gezogen von einer unsichtbaren Macht, hinein in die Ewigkeit. Ich war kurz davor, erhob schon meinen Arm, als in mir eine Stimme sprach, eine ruhige, sanfte Stimme, ich konnte dem Klang entnehmen, dass sie mich kennt. Und dann war es zwischen dem Gesicht meiner Mutter und mir wie ein Spiel zweier Magneten, ein Hin und Her, ein Angezogenwerden, gefolgt von einer sanften Abstoßung. Es war nicht mein Kopf, der entschied, als ich die Stimme in mir hörte, diese Stimme, die sich anfühlte wie die Verkörperung eines Vertrauens. Sie sprach: »Komm da weg.« Du liest es richtig, sie sprach ohne Nachdruck, sie sprach ruhig und sicher, als wisse sie, dass ich in Gefahr bin und als wisse sie ebenso, dass ich es selbst weiß. Ich fühlte die Wärme, obwohl niemand zu sehen war. Ich erinnere mich noch an das Gefühl, tiefgreifend berührt worden zu sein, obwohl es keinerlei physischen Kontakt gab. Das ist ein bedeutsames Erleben – eine Gleichzeitigkeit inmitten der umgebenden Ungleichzeitigkeit. In mir spürte ich eine friedliche Ruhe. Ich weinte und konnte fühlen, dass die eigenen Tränen niemals kalt sind. Dann wachte ich auf.

Ich freue mich, wenn wir uns wiedersehen. Wir könnten gemeinsam tanzen gehen, frei sein, wie damals, als wir Kinder waren.

Nun setzt der Regen ein. Der Regen, der sich vertikal bewegt in einem Zwischenraum, zwischen der Atmosphäre und der Erde, der in die Erdkrusten dringt, sich auf meine Haut legt, eine behutsame Schicht, die Erinnerung an ein basales Erleben, an das Kind im Mutterleib, umgeben von warmem Fruchtwasser, schwebend, geborgen, lächelnd, als wolle es Purzelbäume schlagen.

*Für Sara*

# ANMERKUNGEN

[1] Auden, W. H.: »*Funeral blues*«. Aus: *Another time*. London: Faber and Faber 1940, S. 91.

[2] https://www.babelmatrix.org/works/en/Auden,_W._H.-1907/Funeral_blues/de/34454-Begr%C3%A4bnis-Blues (zuletzt aufgerufen am 01.01.2025).

[3] Haushofer, M.: *Die Wand*. Berlin: List/Ullstein Buchverlage 2004, S. 14-17.

[4] Frisch, M.: *Biografie: Ein Spiel*. Frankfurt am Main: Suhrkamp 1984.

[5] Frisch, M.: *Homo faber*. Frankfurt am Main: Suhrkamp 1962.

[6] Goethe, J. W.: *Die Leiden des jungen Werther*. Stuttgart: Reclam 1986.

[7] Heidegger, M.: *Sein und Zeit*. 15. Auflage. Tübingen: Max Niemeyer-Verlag 1979, S. 252; S. 260; S. 276.

[8] Kierkegaard, S.: *Die Tagebücher*. Deutsch von Theodor Haecker. Innsbruck: Brenner-Verlag 1923, S. 203.

[9] Frankl, V.: *Ärztliche Seelsorge. Grundlagen der Logotherapie und Existenzanalyse*. Wien: Franz Deuticke Verlag 1982, S. 117.

[10] Humperdinck, E.: *Hänsel und Gretel. 3. Akt, letzte Szene*. London: Emi classics 1995.

[11] Bettelheim, B.: *Kinder brauchen Märchen*. München: Deutscher Taschenbuch Verlag 1997, S. 183-191.

[12] »*Philosophen gehen, Macher kommen*«. In: *Die Zeit Nr. 29/1992*.

[13] Camus, A.: *Der Mensch in der Revolte*. Reinbek bei Hamburg: Rowohlt 1969 (36. Auflage 2024), S. 27 f.

[14] Beermann, W.: *Die Radikalisierung der Sprachspiel-Philosophie. Wittgensteins These in »Über Gewissheit« und ihre aktuelle Bedeutung*. Würzburg: Königshausen und Neumann 1999, S. 179.

[15] Müller-Westernhagen, M.: »*Freiheit*«. *Live*. Los Angeles: Warner bros. Records 1990.

[16] Nabokov, V.: *Lolita*. Reinbek bei Hamburg: Rowohlt 1993.

[17] https://dl1.cuni.cz/pluginfile.php/633794/mod_resource/content/1/Schopenhauer-Die%20Welt.pdf S. 1577 (zuletzt aufgerufen am 02.01.2025).

[18] https://dl1.cuni.cz/pluginfile.php/633794/mod_resource/content/1/Schopenhauer-Die%20Welt.pdf S. 664 (zuletzt aufgerufen am 02.01.2025).

[19] Hessel, S.: *Empört euch!*. Berlin: Ullstein 2011 (34. Auflage 2024), S. 10.

[20] Hessel, S.: *Empört euch!*. Berlin: Ullstein 2011 (34. Auflage 2024), S. 21.

[21] Bloch, E.: *Erbschaft dieser Zeit*. Frankfurt am Main: Suhrkamp 1973, S. 104.

[22] Bieri, P.: *Eine Art zu leben. Über die Vielfalt menschlicher Würde.* Frankfurt am Main: Fischer 2015, S. 12; S. 31.

[23] Beckett, S.: *Endspiel*. Frankfurt am Main: Suhrkamp 1974.

[24] Heidegger, M.: *Sein und Zeit*. 15. Auflage. Tübingen: Max Niemeyer-Verlag 1979, S. 219-223.

[25] »*Der Fall Heidegger*«. In: *Die Zeit Nr. 43/2016.*

[26] https://www.philomag.de/philosophen/martin-heidegger (zuletzt aufgerufen am 02.01.2025).

[27] Heidegger, M.: *Sein und Zeit*. 15. Auflage. Tübingen: Max Niemeyer-Verlag 1979, S. 220 f. (Hervorhebungen im Original).

[28] Bieri, P.: *Eine Art zu leben. Über die Vielfalt menschlicher Würde.* Frankfurt am Main: Fischer 2015, S. 14-15.

[29] Bachmann, I.: »*Die Wahrheit ist dem Menschen zumutbar*«. In*: Gedichte, Erzählungen, Hörspiel, Essays*. München: Piper 1964, S. 294-297.

[30] Hey, W.: *Weißt du, wieviel Sternlein stehen*. In: *Das große Liederbuch*. Zürich: Diogenes 1975, S. 225.

[31] Jackson, M.: *Beat it. Thriller*. New York: Epic 1983.

[32] Kundera, M.: *Die unerträgliche Leichtigkeit des Seins.* München, Wien: Carl Hanser Verlag 1984, Lizenzausgabe der Süddeutschen Zeitung GmbH 2004.

[33] Kundera, M.: *Die unerträgliche Leichtigkeit des Seins.* München, Wien: Carl Hanser Verlag 1984, Lizenzausgabe der Süddeutschen Zeitung GmbH 2004, S. 11.

[34] Kundera, M.: *Die unerträgliche Leichtigkeit des Seins.* München, Wien: Carl Hanser Verlag 1984, Lizenzausgabe der Süddeutschen Zeitung GmbH 2004, S. 128.

[35] Rosa, H.: *Unverfügbarkeit.* Frankfurt am Main: Suhrkamp 2020, S. 38-46

[36] Rosa, H.: *Unverfügbarkeit.* Frankfurt am Main: Suhrkamp 2020, S. 40.

[37] https://dl1.cuni.cz/pluginfile.php/633794/mod_resource/content/1/Schopenhauer-Die%20Welt.pdf S. 252 (zuletzt aufgerufen am 02.01.2025).

[38] »*Ganz schön wackelig*«. In: *Die Zeit Nr. 06/2024.*

[39] Marillion: »*The last straw*«. *Clutching at straws.* London: Emi Records 1987.

[40] NASA: *Pale blue dot.* https://science.nasa.gov/resource/voyager-pale-blue-dot-download/ (zuletzt aufgerufen am 01.01.2025).

[41] Härtling, P.: »*Hoffnung*«. In: *Sätze von Liebe. Ausgewählte Gedichte.* München: Deutscher Taschenbuch Verlag 2008, S. 181.

[42] https://www.sartreonline.com/Der%20Augenblick.pdf (zuletzt aufgerufen am 02.01.2025).

[43] Sartre, J.-P.: *Das Sein und das Nichts.* Reinbek bei Hamburg: Rowohlt 2020, S. 477 (Hervorhebung im Original).

[44] https://www.projekt-gutenberg.org/kafka/tagebuch/chap013.html - Eintrag vom 16. Januar 1922 (zuletzt aufgerufen am 02.01.2025).

www.ingramcontent.com/pod-product-compliance
Ingram Content Group UK Ltd.
Pitfield, Milton Keynes, MK11 3LW, UK
UKHW022357100225
454898UK00004B/193